Esprits de Noël

La collection *Mikrós classique*
est dirigée par Julie Maillard

Mikrós Classique se propose de publier de grands textes de la littérature mondiale, du roman fantastique au récit de voyage, du roman historique ou d'aventures aux nouvelles intimistes… Le mot d'ordre ? Raconter des histoires, et les raconter bien !

Julie Maillard

www.editionsdelaube.com

ISBN 978-2-8159-6406-7

Esprits de Noël

Histoires de fantômes

Textes réunis par Julie Maillard

éditions de l'aube

Frank R. Stockton[1]

Le spectre du vieil Applejoy

Traduit de l'anglais (États-Unis)
par Jean Teincey

1. Frank R. Stockton (1834-1902) est un humoriste et écrivain américain qui a connu un immense succès aux États-Unis avec ses *Aventures du capitaine Horn*, mais qui est aujourd'hui (injustement) oublié.

À l'époque où s'ouvre notre histoire, les vastes et confortables appartements des étages supérieurs de l'antique demeure seigneuriale d'Applejoy étaient exclusivement occupés par un revenant, le spectre du grand-père du propriétaire actuel. Depuis bien des années déjà, le spectre d'Applejoy avait l'habitude d'errer à sa fantaisie dans le domaine dont il était jadis le seigneur et maître. Il y régnait d'autant plus librement que son petit-fils, John Applejoy, vieux garçon renfrogné, vivait en reclus, la tête toujours plongée dans les livres. Au printemps dernier, la jeune nièce Bertha, en venant habiter sous son toit, n'avait apporté que peu de changement à son existence solitaire, mais l'esprit du grand-père s'était confiné depuis lors dans la partie haute de la maison, craignant de jeter l'effroi par sa présence dans l'âme de la jeune fille. Ces précautions contrariaient fort ses goûts capricieux, mais il les observait cependant par bonté de cœur. Jusque-là, il ne s'était pas gêné pour se promener à sa guise sous les yeux de ses descendants, car c'était un homme d'un caractère indépendant et original.

Bertha semblait lui avoir jeté un charme, sous forme d'un de ces fluides auxquels les esprits sont particulièrement sensibles.

John avait vu plusieurs fois son étrange aïeul, mais il attribuait ces apparitions au jeu de son imagination et les traitait de rêves ou d'hallucinations ; aussi le spectre du vieil Applejoy ne s'en souciait guère. Quant aux étrangers, il pouvait leur être salutaire de croire la maison hantée, les consciences coupables ou perverses en seraient effrayées et fuiraient le domaine. Il n'en était pas ainsi avec Bertha, malgré la joie qu'il eût éprouvée à la suivre partout comme un esprit familier. Il se tenait à l'écart – elle pouvait avoir une âme timorée et défiante –, il ne voulait pas courir le risque de l'effaroucher. Certes la blanche conscience de la jeune fille ignorait la crainte et le trouble, mais elle avait à peine vingt ans, ses idées n'étaient pas encore fixées. Qui sait si la vue d'un revenant ne lui ferait pas prendre la maison en grippe, même avec un spectre dévoué et affectueux ? Elle voudrait peut-être s'en aller, et le pauvre vieil Applejoy n'en pouvait supporter la pensée sans angoisse.

Il y avait bien longtemps que la vénérable demeure vivait endormie dans son calme mélancolique, John et la vieille gouvernante, Mrs. Dipperton, ayant besoin de peu d'espace pour couler leur vie terne et monotone. Bertha y réveillait par instant les échos d'autrefois par ses chants et ses rires, elle jouait sur le vieux piano de gaies mélodies, elle dansait toute seule sous les arcades, elle voltigeait dans les jardins, cueillait des fleurs et en remplissait les chambres.

Un soir d'hiver, alors que les reflets de la lune passaient doucement à travers les fenêtres sans persiennes de la maison, le spectre du vieil Applejoy se tenait assis sur une chaise à haut dossier droit, une vieille chaise bancale qu'en raison de ses avaries on avait reléguée dans les combles ; un spectre seul pouvait s'y tenir sans la faire basculer. Du reste, il n'était nullement utile, pour son bien-être ou son repos, que le bon vieux revenant s'assît sur une chaise, il eût été aussi à son aise sur une corde à tendre le linge, mais il avait aimé autrefois ce genre de siège et il lui plaisait d'y revenir de temps en temps. Croisant l'une sur l'autre ses jambes chimériques, il joignit ses longs doigts vaporeux et fixa le clair de lune d'un regard pensif.

Nous voici en plein hiver, se dit-il. *Tout est froid et glacé, nous serons bientôt à Noël ; oui, dans deux jours ce sera Noël !*

Il resta quelques minutes silencieux et réfléchi, puis, soudain, se dressant sur ses pieds : « Est-ce possible, s'écria-t-il, est-ce possible que ce John aux doigts crochus, ce fils dégénéré de mon noble George, n'ait pas l'intention de célébrer Noël ! Voilà déjà bien des années qu'il l'oublie, mais à présent que Bertha est dans la maison, oserait-il laisser passer cette date comme un jour ordinaire ? Une chose pareille pourrait-elle arriver ? Ce n'est pas croyable ! Pourtant, je ne vois se dessiner aucun préparatif de fête, il serait urgent d'y aviser, je vais faire immédiatement une tournée d'inspection dans la maison. »

Le spectre enfonça délicatement son chapeau à cornes sur sa tête, et mettant sous son bras l'ombre de sa fidèle canne, il descendit au rez-de-chaussée de la maison. Il jeta un long regard sur les salons obscurément éclairés par les rayons de la lune qui filtraient à travers les volets clos, il vit les meubles couverts de housses et les tableaux voilés de gaze.

Allons, il n'attend pas d'invités ! se dit le vieil Applejoy, et il se rendit dans la salle à manger.

Une petite table ronde, juste suffisante pour trois couverts, semblait perdue dans la vaste pièce.

« Point de place pour le moindre invité ! » grommela-t-il encore.

Il entra dans l'office, puis dans la cuisine. Il n'y apparaissait aucun préparatif de festin.

« Quelle pénurie ! Quel vide ! Deux jours avant Noël ! Combien tout cela ressemble peu au temps où je donnais des ordres pour les vacances ! Voilà donc comment le vieux grippe-sou s'est pourvu pour Noël ! »

Applejoy fit le tour du spacieux office, en considéra les rayons et les tables, coula son regard à travers la porte fermée d'un petit réduit : « Vide ! Vide !

Vide ! s'écria-t-il. Horreur, un gigot froid avec trois minces tranches coupées d'avance, un reste de jambon desséché par le contact de l'air, un morceau de lard placé là depuis on ne sait quand, et réservé pour un hachis sans doute, des pommes de terre à l'eau, froides ! Un frisson me prend rien qu'à les regarder. Les pâtés, où sont les pâtés ? Il devrait y en avoir des piles et des piles ; et pas un gâteau ! Et Noël arrive dans deux jours ! »

Le spectre du vieil Applejoy, pour immatériel qu'il fût, en était consterné.

« Que vois-je, Dieu tout-puissant, un poulet ! Est-ce possible... Oui, mais un poulet embryonnaire choisi pour trois, les domestiques pourront en gratter les os. Oh ! John, John, jusqu'où êtes-vous tombé ! Un poulet embryonnaire pour Noël !... Et quoi encore ? Aucune trace de cidre ! Voici du vinaigre pour John sans doute ? »

Oubliant un instant sa condition de fantôme, il ajouta :

« Je sens mon sang se glacer dans mes veines, rien qu'à la vue de cet office. Il faut que j'avise, il faut que j'avise ! »

Il sortit la tête penchée et vint dans le grand hall. Il se sentait disposé à tout tenter pour éviter la déconsidération de sa maison durant le séjour de la jeune et joyeuse Bertha. Mais il ne pouvait rien sans l'entremise d'un être vivant, et qui choisir ?

Il remonta l'escalier tout songeur et passa dans la grande chambre habitée par son petit-fils. Le vieux John dormait, ses traits durs accusés par le clair de lune, les paupières serrées comme si elles se fussent crispées sur des globes d'or. Le spectre d'Applejoy s'approcha de son chevet :

« Je puis l'obliger à s'éveiller et à me regarder, dit-il, car pas un dormeur ne peut résister à la fascination de deux yeux braqués sur son sommeil ; personne, surtout lorsqu'il s'agit d'un esprit. Je puis l'amener à me parler, je lui dirai ce que je pense de sa conduite. Mais à quoi bon, son cœur est plus dur que le jambon desséché, et même si je parvenais à lui tracer son devoir, il se persuaderait au réveil qu'il a rêvé, et mes avis resteraient inutiles. Je n'ai rien à faire avec John ! »

Le spectre du vieil Applejoy s'éloigna, descendit l'escalier, traversa le hall et entra dans la chambre de Mrs. Dipperton, la très mûre gouvernante. Elle dormait profondément, sa large figure brillait comme une outre remplie de lait ; ses lèvres, légèrement entrouvertes, laissaient échapper à intervalles réguliers un faible ronflement, comme si, même aux heures de repos, elle craignait de déranger quelqu'un.

Le bon revenant secoua la tête en la regardant.

« Elle est trop docile, murmura-t-il, jamais elle ne serait capable d'amener le vieux John à rompre avec ses habitudes parcimonieuses. De plus, si elle me voyait, elle se mettrait à crier, elle aurait une syncope, elle en mourrait peut-être, et ce serait une jolie préparation à la fête de Noël! »

Il sortit, et jamais la brave femme ne soupçonna que le spectre d'Applejoy l'avait considérée un instant avec un compatissant dédain.

Le vieux revenant, de plus en plus anxieux, se dirigea vers la chambre de Bertha. Sur le seuil, il s'arrêta respectueusement et souleva son tricorne. La tête du petit lit était tournée vers la fenêtre. À travers les vitres sans rideaux, la claire lumière de la lune éclairait un ravissant visage, plus beau dans le sommeil que dans les heures ensoleillées du jour. Elle n'était pas sous l'influence du lourd sommeil qui annihilait les forces du maître de la maison et de la douce Mrs. Dipperton. Elle dormait légèrement; ses délicates paupières, au travers desquelles on pouvait presque voir le bleu profond de ses yeux, frémissaient de temps en temps comme si elles allaient se soulever, ses lèvres remuaient; on eût dit qu'elle murmurait quelque chose en rêve.

Applejoy s'approcha de la jeune fille et s'inclina doucement vers elle. Il savait qu'il était indiscret de se mettre ainsi aux écoutes, mais il devait pourtant connaître un peu l'âme de cette jeune fille, tâcher de saisir quelques révélations de cette petite bouche afin de pénétrer sa pensée, ses désirs, afin de deviner ce qu'il pourrait faire pour elle.

Au bout d'un moment, il lui entendit murmurer imperceptiblement, comme un souffle : « Tom... »

« Ah ! Elle veut Tom, dit le spectre du vieil Applejoy. Elle veut Tom ! Fort bien, je suis content. Je ne sais rien de Tom, mais elle le désire, c'est naturel, c'est vrai, c'est humain, et il y a si longtemps qu'il ne s'est vu quelque chose de naturel, de vrai, d'humain, dans cette maison ! Mais je voudrais qu'elle ajoutât encore quelque chose, car elle ne peut avoir Tom pour Noël, du moins pas Tom tout seul ; il faut encore bien des choses pour que cet endroit-ci soit propice à Tom. »

Il s'approcha de nouveau de la jeune fille et écouta. Mais, au lieu de parler, celle-ci ouvrit les yeux. Le revenant, surpris, se recula brusquement et s'inclina en un profond salut. Elle ne bougea point, ses beaux yeux s'ouvrirent tout à fait et se fixèrent sur l'apparition. Le spectre tremblait de la voir crier ou s'évanouir, ou du moins témoigner quelque répugnance à son égard qui déjouât ses bonnes intentions. Il ne pouvait lui parler qu'à la condition qu'elle commençât la conversation ; telle est la loi qui régit le monde des esprits.

« Suis-je endormie ? » murmura-t-elle. Puis, après avoir tourné la tête de côté et d'autre, comme pour s'assurer qu'elle était bien dans sa chambre et entourée de ses objets familiers, elle porta de nouveau les yeux sur le spectre du vieil Applejoy et lui demanda bravement : « Êtes-vous un esprit ? »

Si un accès de joie eut pu empourprer la figure d'une ombre vaporeuse, celle du vieil Applejoy se fût embrasée comme un rayon de soleil.

« Oui, chère enfant, dit-il, je suis un esprit, je suis le spectre du grand-père de votre oncle. Sa sœur, Maria, la plus jeune de la famille et de beaucoup la plus charmante, était votre mère. J'étais par conséquent son aïeul, et je suis ainsi le spectre de votre arrière-grand-père. Je vous déclare que je ne me suis jamais senti, à aucun moment de mon existence précédente et actuelle, aussi fier et aussi heureux qu'aujourd'hui.

— Alors vous êtes l'Applejoy authentique, reprit Bertha. Il est étrange que je n'aie point peur de vous, car, enfin, je ne suis nullement effrayée, vous paraissez ne vouloir faire de mal à personne, et surtout pas à moi.

— Vous y êtes ! s'écria le revenant en frappant le parquet de sa canne avec une vigueur qui eût réveillé tout le monde dans la maison, si la canne eût été en bois comme celle dont il se servait pendant sa vie. Vous y êtes, ma chérie, je vous jure qu'il n'est pas une personne en ce monde pour qui je ressente autant d'affection que pour vous. Vous me rappelez mon fils George, vous êtes l'image de Maria lorsqu'elle avait votre âge, votre arrivée a réveillé ici quelque chose de la vie d'autrefois et m'a comblé de joie ! Je ne saurais assez vous dire combien je suis heureux depuis le joyeux jour de printemps où vous êtes apparue sous ce toit.

— Je ne me doutais pas pouvoir faire plaisir à quelqu'un en venant ici, répondit Bertha. Mon oncle John ne paraît pas se soucier beaucoup de moi, et Mrs. Dipperton ne me dit pas grand-chose. Mais, à présent, la situation est différente, puisque j'ai fait votre connaissance.

— Et maintenant ne perdons pas notre temps ! s'écria gaiement le bon revenant. Je suis venu vous trouver cette nuit en vue de traiter une affaire importante.

— Une affaire ? sourit Bertha d'un air interrogateur.

— Parfaitement, une affaire considérable : il s'agit de Noël. Votre oncle n'a pas l'intention de le fêter, mais moi j'y tiens. Je veux rendre au château son bon renom, mais je ne puis rien faire sans l'aide de quelqu'un, et je n'ai personne pour me seconder. Voulez-vous me prêter votre concours ?

— Autant qu'il vous plaira.

— Je désire que vous veniez avec moi dans les parties souterraines de la maison, vous y verrez des choses qui vous intéresseront beaucoup. Je vais descendre dans le hall pour vous y attendre. Habillez-vous aussi chaudement et aussi confortablement que vous le pourrez, entourez-vous la tête et les épaules d'un châle. Avez-vous des pantoufles de laine, très douces, pour ne faire aucun bruit en marchant ?

— Oui, oui, s'écria Bertha, les yeux rayonnants de joie à la pensée de cette expédition bizarre. Je serai habillée et vous rejoindrai en un rien de temps.

— Ne vous dépêchez pas, dit le spectre en quittant la chambre, nous avons encore presque toute la nuit devant nous. »

Quelques instants plus tard, Bertha descendait l'escalier presque aussi légèrement que l'esprit de son grand-père et venait rejoindre dans le hall son vénérable compagnon.

« Voyez-vous la lanterne sur la table ? dit-il. John s'en sert pour faire sa ronde dans la maison avant de se coucher. Allumez-la, je vous prie, les allumettes sont placées dessus. Croyez bien que je ne vous donnerais pas cette peine si je pouvais le faire moi-même. »

Elle aperçut la lanterne de cuivre, l'alluma et suivit le spectre dans le cabinet de travail.

« Maintenant, dit-il, voulez-vous ouvrir la porte vitrée de la bibliothèque, elle n'est pas fermée à clef. »

Bertha hésita un peu et obéit.

« Mettez la main sur le rayon du milieu, vous allez sentir une clef. »

La jeune fille s'arrêta.

« Je suis dans le cabinet de mon oncle, dit-elle. Je n'ai pas le droit de toucher à ses clefs et à ses affaires. »

Le spectre du vieil Applejoy se redressa, ne perdant pas une ligne de ses six pieds deux pouces qu'il avait eus pendant sa vie. Il fronça le sourcil, son expression devint sévère, mais il se contint et parla avec calme à la jeune fille.

« Ceci était mon bureau, dit-il. Je ne l'ai jamais abandonné à votre oncle John, c'est moi-même qui ai placé cette clef à l'endroit que je vous ai indiqué. Vous avez l'autorisation de votre arrière-grand-père. »

Sans plus hésiter, Bertha prit la clef.

« Ouvrez, je vous prie, le tiroir du bas.

— Il est rempli de vieilles clefs ! s'écria-t-elle.

— Parfaitement, elles sont toutes réunies en un trousseau, et c'est pourquoi nous sommes venus ici. Maintenant, ma chère enfant, dit-il en se plaçant devant elle et en la regardant bien en face, mais avec une bonté qui excluait la crainte, je veux que vous sachiez que ce que nous allons faire est absolument permis et correct, sans l'ombre de vaine curiosité. Cette maison a été autrefois la mienne, j'y ai tout rangé moi-même, je vais vous conduire dans mes caves – ce sont des caves superbes, elles étaient mon orgueil et ma gloire. J'emmenais souvent mes invités pour les visiter, on y descend par de beaux et larges escaliers de pierre. Avez-vous peur de venir avec moi dans ces régions souterraines ?

— Pas le moins du monde, grand-père ! s'écria Bertha, presque trop haut pour la prudence à observer. J'ai entendu parler de ces caves et j'aimerais les voir, quoique Mrs. Dipperton m'ait dit que mon oncle ne permettait à personne d'y pénétrer. Mais ce sera vraiment la chose la plus amusante du monde d'aller avec mon arrière-grand-père dans les caves qu'il a fait construire lui-même et dont il est si fier ! »

Ce discours charma tellement le spectre du vieil Applejoy qu'il aurait instantanément embrassé son arrière-petite-fille s'il n'avait eu peur de lui causer une sensation de froid.

« Vous êtes une fille telle que je les aime, dit celui-ci. J'aurais souhaité de tout mon cœur que vous eussiez vécu à l'époque où j'étais moi-même en vie et maître de cette maison, nous y aurions passé d'heureux jours, je vous en réponds !

— Je voudrais que vous fussiez actuellement vivant, cher arrière-grand-père, et plus tangible qu'en apparence, mais continuons nos investigations, je brûle d'impatience. »

Ils descendirent dans ces fameuses caves si réputées jadis dans toute la contrée environnante.

« Par ici, dit le spectre du vieil Applejoy. La terre est bien sèche, et en continuant de marcher vous ne vous refroidirez pas. Voyez-vous ces rangées de vieilles barriques ensevelies sous la poussière et les toiles d'araignée ? Eh bien ! Ma chère enfant, elles contiennent les alcools les plus choisis qu'on n'ait jamais vus dans ce pays, et la plupart sont aux trois quarts pleines ! Oui, nous avons ici le meilleur rhum de la Jamaïque, le meilleur cognac de France et le plus excellent gin de Hollande. Si nous débouchions les bondes, un délicieux parfum remplirait toute la maison. Voilà du porto d'une qualité rare et point encore trop vieux. Ici, du madère dont un petit verre serait un breuvage digne de vous, ma chère. Ces vins ont été achetés par mon fils George, qui s'y connaissait ; mais quant à John, c'est un dégénéré, il boit de l'eau et du thé ! S'il a laissé une seule de ces barriques d'eau-de-vie s'altérer de vieillesse, il mériterait d'être envoyé au bagne. Mais continuons. Voyez-vous toutes ces bouteilles alignées et à l'air sombre ? Elles sont pleines d'un nectar exquis qui a dû gagner avec le temps. S'il s'en trouve d'un peu passé, c'est la faute de John, il laisserait tout perdre, c'est un chien dans un râtelier ! Venez maintenant par ici, dans cette petite cave, levez votre lanterne : remarquez-vous ces rangées de bocaux sur les rayons ? Ils sont remplis des plus fines conserves qui aient jamais été faites de main d'homme ou de femme. C'était mes mets favoris. George avait continué mes traditions et tenait à avoir pour Noël le même pâté que celui que je lui donnais quand il était gamin. Ces conserves sont aussi bonnes qu'au premier jour. John n'y toucherait pas pour un empire, et malgré sa dyspepsie, il préfère avaler des pommes de terre qui sont très mauvaises pour sa santé.

» Voici encore une foule d'autres bocaux, tous hermétiquement cachetés. Je ne sais pas au juste ce qu'ils renferment, mais je suis sûr que leur contenu serait précisément ce qu'il faudrait pour un festin de Noël. Si Mrs. Dipperton descendait ici et les débouchait, elle se croirait au paradis.

» Faisons encore quelques pas, je vais vous montrer, ma chère, le trésor de ces caves, le joyau de la collection ! Prenez cette boîte en bois : à l'intérieur se trouve une autre boîte en fer-blanc soigneusement soudée pour que l'air n'y pénètre pas. Elle renferme un grand plum-cake ! Écoutez-moi bien, Bertha : ce gâteau a été ainsi emballé par moi-même, je voulais le laisser longtemps se faire, car plus on garde un plum-cake et plus il est bon, mais je ne me doutais pas qu'il resterait sur ce rayon pendant trois générations ! Les personnes qui en mangeront seront heureuses entre tous les mortels, c'est-à-dire autant que la consommation d'un gâteau le comporte.

» À présent, il me semble que vous en avez vu assez pour connaître à fond la question et comprendre que ces caves regorgent d'excellentes choses. C'est leur palais, John en voudrait faire leur sépulcre. J'ai toujours aimé la bonne chère, vous le devinez bien. Mon fils George était de même, mais John est un dégénéré !

— Dans quelle intention m'avez-vous amenée ici, grand-père ? demanda Bertha. Voulez-vous que je vienne faire avec vous mon dîner de Noël en ce lieu, car il est évident que vous êtes un enthousiaste du plum-cake… »

Et ce disant, elle pensait que la boîte de fer-blanc une fois ouverte ne contiendrait peut-être que l'ombre d'un gâteau.

« Non pas, dit l'esprit du vieil Applejoy. Remontons et allons dans le cabinet d'études. Il y a encore des tisons rouges dans l'âtre, vous vous chaufferez les pieds pendant que nous causerons. »

La grande cave fut close, les clefs replacées dans le tiroir et la bibliothèque fermée. Bertha s'assit devant le foyer et mit ses mains au-dessus des braises incandescentes pendant que l'ombre de son arrière-grand-père lui parlait.

« Il est mal de ne point célébrer la Noël, ma chère enfant, lui dit-il, surtout quand on le peut, et de la manière la plus large et la plus hospitalière. Depuis bien des années déjà, John semble l'oublier ; il est grand temps qu'il se corrige, nous devons l'y aider, c'est un devoir. Vous avez vu les richesses des caves, il y a des dindons dans la basse-cour, je sais qu'il ne les a pas encore tous vendus – et s'il manquait quelque chose pour le festin, John a des réserves d'argent qu'on ne saurait mieux employer. Il ne nous reste plus grand temps, mais nous en avons assez si vous et moi nous nous mettons sérieusement à l'œuvre.

— Qu'allons-nous faire ? demanda Bertha.

— La tâche n'est pas facile, mais j'y ai beaucoup songé, et je crois que nous pouvons l'accomplir. Certes, j'aurais pu apparaître à votre oncle, lui montrer son devoir et le sommer de l'accomplir, mais je vois d'ici le résultat de ma démarche ! Il appellera notre entrevue un rêve, il l'attribuera à un excès de hachis et de pommes de terre, et finalement il en profitera pour diminuer l'ordinaire de la table et vous affamer à moitié. Mais en vous, ma chère, il n'y a rien qui ressemble au rêve : en vous entendant parler, on est sûr d'être éveillé.

— Je le crois, dit Bertha en souriant. Voulez-vous que je parle à mon oncle ?

— Oui, allez le trouver demain matin après le déjeuner et dites-lui exactement ce que nous avons fait cette nuit. Il ne pourra pas prétendre que ce sont des rêves causés par les pommes de terre, quand vous lui aurez parlé de la petite clef de la bibliothèque, des barriques d'eau-de-vie et du contenu de chacun des bocaux de conserves et du plum-cake enfermé dans la boîte de fer-blanc. John connaît l'existence de ce gâteau, son père la lui a révélée. Il est au courant également de ma vie de revenant, quoiqu'il s'obstine à la nier. Quand vous lui aurez transmis mon message et ce que vous aurez vu, il sera bien forcé de convenir que vous et moi nous sommes éveillés, et qu'il ferait mieux, lui aussi, d'ouvrir l'œil.

— Et quel est votre message ? demanda Bertha.

— Le voici, répondit l'esprit du vieil Applejoy. Vous lui direz que son grand-père, à qui il doit tout ce qu'il possède, désire qu'il y ait un grand festin dans cette maison le jour de Noël – j'aurais préféré la veille, mais le temps manque. Dites-lui qu'il tue le dindon, qu'il ouvre ses caves et dépense son argent, qu'il invite une douzaine de parents et d'amis. Ceux-ci lâcheront volontiers pour une fois leur repas de famille, quand ils sauront qu'on prépare ici une grande fête. On louera des voitures et vous ferez les invitations. Mrs. Dipperton est une bonne organisatrice quand elle en a l'occasion ; elle tiendra avec honneur de bien faire les choses, si John lui en donne l'ordre.

» Maintenant, ma chère, dit le spectre du vieil Applejoy en se rapprochant de Bertha, je dois vous poser une question personnelle et intime : qui est Tom, je vous prie ? »

Une rougeur soudaine monta aux joues de Bertha :

« Tom ? dit-elle. Quel Tom ?

— Allons, ne vous moquez pas, reprit le spectre du vieil Applejoy. Je suis sûr que vous connaissez un jeune homme du nom de Tom. Je portais également ce nom, et par amour pour ma vie passée, j'aime beaucoup les Tom. Parlez-moi du vôtre : est-ce un gentil garçon ? L'aimez-vous beaucoup ?

— Oui, répondit Bertha, voulant couvrir les deux questions avec la même réponse.

— Et vous aime-t-il ?

— Je le crois.

— Cela signifie que vous vous aimez ! s'écria le spectre du vieil Applejoy. Et maintenant, ma chère, dites-moi son nom de famille. Voyons, avouez-le, sans quoi je ne puis vous aider.

— Monsieur Burcham, murmura Bertha en pâlissant légèrement, car cela lui semblait bien indiscret de parler ainsi, même à un revenant.

— Fils de Thomas Burcham des Meadows, petit-fils du vieux général Burcham ?

— Oui, monsieur. »

L'ombre du vieil Applejoy jeta sur son arrière-petite-fille un regard de fierté et d'admiration.

« Je vous fais mes compliments, ma chère Bertha, dit-il. J'ai bien connu le vieux général et j'ai vu le jeune Tom, c'est un beau garçon, et si vous l'aimez, ce doit être un brave cœur. Eh bien, savez-vous ce que nous allons faire ? Nous aurons Tom ici, pour Noël !

— Oh ! grand-père ! s'écria la jeune fille. Je ne puis demander à mon oncle de l'inviter !

— Nous arrangerons cela, nous convierons un plus grand nombre de personnes, et nous prierons les invités d'amener leur famille. Du moment qu'on donne un grand dîner ici, Thomas Burcham père ne peut être oublié, et vous comprenez qu'il amènera forcément Tom. Mais ne prolongeons pas trop cet entretien, vous vous fatigueriez : retournez vous coucher et demain matin, aussitôt après le déjeuner, dites tout à votre oncle. »

Bertha se leva puis, après un instant d'hésitation :

« Grand-père, si mon oncle nous permet de célébrer Noël, serez-vous de la fête ?

— Oui, ma chère, ne craignez rien, je n'effraierai personne : je puis me rendre visible aux uns et invisible aux autres. Je serai partout, je verrai tout, mais j'apparaîtrai seulement à la plus jolie femme qui ait jamais habité cette maison. Et maintenant, bonsoir ; plus un mot, allez vite vous mettre au lit. »

Si elle était restée encore une seconde, se dit le spectre du vieil Applejoy, *je n'aurais pu résister au plaisir de l'embrasser.*

Quand Bertha eut raconté à son oncle les aventures de la nuit, la figure de John Applejoy devint blanche comme un linge. C'était un homme à tête dure, mais un peu superstitieux. Au début du récit, il se demanda d'abord si les rêves remplis de revenant n'étaient pas une faiblesse de famille. Mais quand il eut ouï la visite des caves, et surtout l'histoire du plum-cake, dont il savait que l'existence n'était connue que de lui, il fut persuadé de la réalité des faits, et crut sérieusement que Bertha avait vu le spectre de son arrière-grand-père et parlé avec lui. Il se défendit un instant contre l'évidence avec toute la puissance de sa volonté, mais la lutte était impossible et il se rendit. Cependant son orgueil se raidit, il ne voulut pas convenir devant sa nièce de l'existence des revenants.

« Vous avez fait là un rêve bien étrange, ma chère enfant », dit-il en se levant et se plaçant devant le feu.

Son visage était encore un peu décomposé, mais il avait dominé son émotion et ses traits reprenaient leur expression accoutumée.

« Inutile de protester que vous n'avez pas rêvé, je sais qu'on tient aux illusions de cette sorte. Néanmoins, écoutez-moi. Bien que vos affirmations n'aient aucun poids car les traditions relatives à mes caves ont toujours été en circulation dans la famille, votre jolie petite histoire me suggère une idée : voici bientôt Noël, je l'avais presque oublié. Vous êtes jeune, pleine de vie, joyeuse et aimant les fêtes. Je vais considérer votre rêve comme une réalité : nous donnerons un grand dîner pour Noël et inviterons nos amis et leur famille. Il doit y avoir d'excellentes choses dans les caves ; je n'y pensais plus, elles en seront tirées, étalées et on en jouira. Envoyez-moi Mrs. Dipperton, et quand notre consultation sera terminée, vous viendrez dresser avec moi la liste des invités. »

Quand Bertha eut disparu, John Applejoy s'assit sur sa chaise à haut dossier et regarda fixement le feu. Il n'eût pas osé aller se coucher ce soir-là sans avoir exécuté de point en point les volontés de son grand-père.

Jamais la vieille maison n'avait vu un si beau jour de Noël dans ses murs. La nouvelle du gala offert par John Applejoy se répandit dans toute la région comme une traînée de poudre; les simples curieux étaient aussi surexcités que les invités. On considérait comme très fastueuses ces invitations par famille, dignes en effet du vieux temps jadis où le grand-père du propriétaire actuel, Tom Applejoy, passait pour l'homme le plus hospitalier de la contrée.

Pour la première fois du siècle peut-être, toutes les rallonges furent mises à la grande table de la salle à manger. On apporta des chaises de tous les coins de la maison pour les invités. Les qualités ménagères de Mrs. Dipperton, dont personne n'avait encore soupçonné l'existence, éclataient en une éruption volcanique du plus heureux effet.

La table pliait sous le fardeau des merveilles remontées de la cave, de la cuisine, de l'office et des villages environnants. Au centre apparaissait l'énorme plum-cake, si soigneusement conservé par le grand-père du maître actuel de la maison. Mais il ne fut pas entamé.

« Mes amis, dit John Applejoy, nous n'entamerons pas ce gâteau aujourd'hui. Si vous voulez bien, nous le réserverons pour le jour où un mariage sera célébré dans la famille: vous serez alors tous conviés à en prendre votre part! »

À ce moment, le spectre du vieil Applejoy passa sa main diaphane sur la tête de son petit-fils dégénéré: « Vous ne sentez pas cette caresse, John, dit-il sans qu'on l'entendît, elle est une approbation, et c'est la première fois que j'ai la joie de vous en décerner une. Maintenant, il faudra que vous fassiez connaissance avec le jeune Tom. Je crois que vous pouvez encore devenir un brave homme, surtout si vous vous décidez à boire tous les jours de ce vieux madère que vous vous versez en ce moment. »

La soirée se termina par un grand bal. Le hall était merveilleusement illuminé et inondé de fleurs. On commença par danser un menuet à l'antique mode. Au moment où les groupes se formaient, un jeune homme appelé Tom s'avança et vint inviter Bertha : « Merci, mais je suis engagée pour ce menuet. Je danse avec… Eh bien, disons avec moi seule ! »

À ces mots le spectre, le plus heureux spectre du monde spectral, s'approcha de la charmante fille, son tricorne serré sous le bras gauche, sa queue poudrée élégamment attachée d'un ruban rose, son habit à longs pans brillamment brodé, son gilet garni de fines dentelles, ses bas bien tirés et ses souliers ornés de boucles de diamant. Il n'y avait pas une plus galante silhouette dans toute la compagnie.

Le revenant fit un profond salut et tendit la main, Bertha prit les doigts vaporeux de son partenaire et ouvrit le bal avec le spectre de son arrière-grand-père. Ils firent ensemble de la plus jolie manière la coupée, le pas lancé et le balancé ; ils avançaient, reculaient, se réunissaient avec toute la grâce et toute l'élégance de l'ancienne courtoisie.

Quelle étrange jeune fille! se disaient les invités. *Quelle bizarre idée de danser seule ce menuet, mais il faut avouer qu'elle le fait délicieusement.*

« Vous êtes on ne peut plus originale, ma chère, dit John Applejoy quand la danse fut terminée. Enfin vous l'êtes d'une manière charmante, et je n'ai pu m'empêcher de penser en vous regardant qu'il n'y avait personne ici digne d'être votre partenaire. »

Vous faites erreur sur ce point, mon bonhomme, pensèrent simultanément le jeune Tom Burcham et le spectre du vieil Applejoy.

Paru dans *La Revue Britannique* (1901)

Anatole France[1]

La messe des ombres

1. Anatole France (1844-1924) a reçu le prix Nobel de littérature en 1921. On lui doit notamment *L'île des pingouins*, *Les dieux ont soif*, ainsi que *Histoire comique*, disponible dans la collection Mikrós classique.

À monsieur Jean-François Bladé, d'Agen, le « scribe pieux », qui a recueilli les contes populaires de la Gascogne.

Voici ce que le sacristain de l'église Sainte-Eulalie, à la Neuville-d'Aumont, m'a conté sous la treille du Cheval-Blanc, par une belle soirée d'été, en buvant une bouteille de vin vieux à la santé d'un mort très à son aise, qu'il avait le matin même porté en terre avec honneur, sous un drap semé de belles larmes d'argent.

« Feu mon pauvre père (c'est le sacristain qui parle) était de son vivant fossoyeur. Il avait l'esprit agréable, et c'était sans doute un effet de son état, car on a remarqué que les personnes qui travaillent dans les cimetières sont d'humeur joviale. La mort ne les effraie point : ils n'y pensent jamais. Moi qui vous parle, monsieur, j'entre dans un cimetière, la nuit, aussi tranquillement que sous la tonnelle du Cheval-Blanc. Et si, d'aventure, je rencontre un revenant, je ne m'en inquiète point, par cette considération qu'il peut bien aller à ses affaires comme je vais aux miennes. Je connais les habitudes des morts et leur caractère. Je sais à ce sujet des choses que les prêtres eux-mêmes ne savent pas. Et si je contais tout ce que j'ai vu, vous seriez étonné. Mais toutes les vérités ne sont pas bonnes à dire, et mon père, qui pourtant aimait à conter des histoires, n'a pas révélé la vingtième partie de ce qu'il savait. En revanche, il répétait souvent les mêmes récits, et il a bien narré cent fois, à ma connaissance, l'aventure de Catherine Fontaine.

» Catherine Fontaine était une vieille demoiselle qu'il lui souvenait d'avoir vue quand il était enfant. Je ne serais point étonné qu'il y eût encore dans le pays jusqu'à trois vieillards qui se rappellent avoir ouï parler d'elle, car elle était très connue et de bon renom, quoique pauvre. Elle habitait, au coin de la rue aux Nonnes, la tourelle que vous pouvez voir encore et qui dépend d'un vieil hôtel à demi détruit qui regarde sur le jardin des Ursulines. Il y a sur cette tourelle des figures et des inscriptions à demi effacées. Le défunt curé de Sainte-Eulalie, monsieur Levasseur, assurait qu'il y est dit en latin que *l'amour est plus fort que la mort*. Ce qui s'entend, ajoutait-il, de l'amour divin.

» Catherine Fontaine vivait seule dans ce petit logis. Elle était dentellière. Vous savez que les dentelles de nos pays étaient autrefois très renommées. On ne lui connaissait ni parents ni amis. On disait qu'à dix-huit ans elle avait aimé le jeune chevalier d'Aumont-Cléry, à qui elle avait été secrètement fiancée. Mais les gens de bien n'en voulaient rien croire et ils disaient que c'était un conte qui avait été imaginé parce que Catherine Fontaine avait plutôt l'air d'une dame que d'une ouvrière, qu'elle gardait sous ses cheveux blancs les restes d'une grande beauté, qu'elle avait l'air triste et qu'on lui voyait au doigt une de ces bagues sur lesquelles l'orfèvre a mis deux petites mains unies, et qu'on avait coutume, dans l'ancien temps, d'échanger pour les fiançailles. Vous saurez tout à l'heure ce qu'il en était.

» Catherine Fontaine vivait saintement. Elle fréquentait les églises, et chaque matin, quelque temps qu'il fît, elle allait entendre la messe de six heures à Sainte-Eulalie.

» Or, une nuit de décembre, tandis qu'elle était couchée dans sa chambrette, elle fut réveillée par le son des cloches ; ne doutant point qu'elles sonnassent la messe première, la pieuse fille s'habilla et descendit dans la rue, où la nuit était si sombre qu'on ne voyait point les maisons et que pas une lueur ne se montrait dans le ciel noir. Et il y avait un tel silence dans ces ténèbres que pas seulement un chien n'aboyait au loin et qu'on s'y sentait séparé de toute créature vivante. Mais Catherine Fontaine, qui connaissait chaque pierre où elle posait le pied et qui aurait pu aller à l'église les yeux fermés, atteignit sans peine l'angle de la rue des Nonnes et de la rue de la Paroisse, là où s'élève la maison de bois qui porte un arbre de Jessé, sculpté sur une poutre. Arrivée à cet endroit, elle vit que les portes de l'église étaient ouvertes et qu'il en sortait une grande clarté de cierges. Elle continua de marcher et, ayant franchi le porche, elle se trouva dans une assemblée nombreuse qui emplissait l'église. Mais elle ne reconnaissait aucun des assistants, et elle était surprise de voir tous ces gens vêtus de velours et de brocart, avec des plumes au chapeau et portant l'épée à la mode des anciens temps. Il y avait là des seigneurs qui tenaient de hautes cannes à pommes d'or et des dames avec une coiffe de dentelle attachée par un peigne en diadème. Des chevaliers de Saint-Louis donnaient la main à ces dames qui cachaient sous l'éventail un visage peint, dont on ne voyait que la tempe poudrée et une mouche au coin de l'œil! Et tous, ils allaient se ranger à leur place sans aucun bruit, et l'on n'entendait, tandis qu'ils marchaient, ni le son des pas sur les dalles ni le frôlement des étoffes. Les bas-côtés s'emplissaient d'une foule de jeunes artisans, en veste brune, culotte de basin et bas bleus, qui tenaient par la taille des jeunes filles très jolies, roses, les yeux baissés. Et, près des bénitiers, des paysannes en jupe rouge, le corsage lacé, s'asseyaient par terre avec la tranquillité des animaux domestiques, tandis que des jeunes gars, debout derrière elles, ouvraient de gros yeux en tournant entre leurs doigts leur chapeau. Et tous ces visages silencieux semblaient éternisés dans la même pensée, douce et triste. Agenouillée à sa place coutumière, Catherine Fontaine vit le prêtre s'avancer vers l'autel, précédé de deux desservants. Elle ne reconnut ni le prêtre, ni les clercs. La messe commença. C'était une messe silencieuse, où l'on n'entendait point le son des lèvres qui remuaient, ni le tintement de la sonnette vainement agitée. Catherine Fontaine se sentait sous la vue et sous l'influence de son voisin mystérieux, et, l'ayant regardé sans presque tourner la tête, elle reconnut le jeune chevalier d'Aumont-Cléry, qui l'avait aimée et qui était mort depuis quarante-cinq ans. Elle le reconnut à un petit signe qu'il avait sous l'oreille gauche et surtout à l'ombre que ses longs cils noirs faisaient sur ses joues. Il était vêtu de l'habit de chasse, rouge, à galons d'or, qu'il portait le jour où, l'ayant rencontrée dans le bois de Saint-Léonard, il lui avait demandé à boire et pris un baiser. Il avait gardé sa jeunesse et sa bonne mine. Son sourire montrait encore des dents de jeune loup. Catherine lui dit tout bas :

"Monseigneur, qui fûtes mon ami et à qui je donnai jadis ce qu'une fille a de plus cher, Dieu vous ait en sa grâce ! Puisse-t-il m'inspirer enfin le regret du péché que j'ai commis avec vous ; car il est vrai qu'en cheveux blancs et près de mourir, je ne me repens pas encore de vous avoir aimé. Mais, ami défunt, mon beau seigneur, dites-moi qui sont ces gens à la mode du vieux temps qui entendent ici cette messe silencieuse."

» Le chevalier d'Aumont-Cléry répondit d'une voix plus faible qu'un souffle et pourtant plus claire que le cristal :

"Catherine, ces hommes et ces femmes sont des âmes du purgatoire qui ont offensé Dieu en péchant comme nous par l'amour des créatures, mais qui ne sont point pour cela retranchées de Dieu, parce que leur péché fut, comme le nôtre, sans malice.

» Tandis que, séparés de ce qu'ils aimaient sur la terre, ils se purifient dans le feu lustral du purgatoire, ils souffrent les maux de l'absence, et cette souffrance est pour eux la plus cruelle. Ils sont si malheureux qu'un ange du ciel prend pitié de leur peine d'amour. Avec la permission de Dieu, il réunit chaque année, pendant une heure de nuit, l'ami à l'amie dans leur église paroissiale, où il leur est permis d'entendre la messe des ombres en se tenant par la main. Telle est la vérité. S'il m'est donné de te voir ici avant ta mort, Catherine, c'est une chose qui ne s'est pas accomplie sans la permission de Dieu."

» Et Catherine Fontaine lui répondit :

"Je voudrais bien mourir pour redevenir belle comme aux jours, mon défunt seigneur, où je te donnais à boire dans la forêt."

» Pendant qu'ils parlaient ainsi tout bas, un chanoine très vieux faisait la quête et présentait un grand plat de cuivre aux assistants qui y laissaient tomber tour à tour d'anciennes monnaies qui n'ont plus cours depuis longtemps : écus de six livres, florins, ducats et ducatons, jacobus, nobles à la rose, et les pièces tombaient en silence. Quand le plat de cuivre lui fut présenté, le chevalier mit un louis qui ne sonna pas plus que les autres pièces d'or ou d'argent.

» Puis le vieux chanoine s'arrêta devant Catherine Fontaine, qui fouilla dans sa poche sans y trouver un liard. Alors, ne voulant refuser son offrande, elle détacha de son doigt l'anneau que le chevalier lui avait donné la veille de sa mort, et le jeta dans le bassin de cuivre. L'anneau d'or, en tombant, sonna comme un lourd battant de cloche et, au bruit retentissant qu'il fit, le chevalier, le chanoine, le célébrant, les clercs, les dames, les cavaliers, l'assistance entière s'évanouit ; les cierges s'éteignirent et Catherine Fontaine demeura seule dans les ténèbres. »

Ayant achevé de la sorte son récit, le sacristain but un grand coup de vin, resta un moment songeur et puis reprit en ces termes :

« Je vous ai conté cette histoire telle que mon père me l'a contée maintes fois, et je crois qu'elle est véritable parce qu'elle est conforme à tout ce que j'ai observé des mœurs et des coutumes particulières aux trépassés. J'ai beaucoup pratiqué les morts depuis mon enfance et je sais que leur usage est de revenir à leurs amours.

» C'est ainsi que les morts avaricieux errent, la nuit, près des trésors qu'ils ont cachés de leur vivant.

Ils font bonne garde autour de leur or ; mais les soins qu'ils se donnent, loin de leur servir, tournent à leur dommage, et il n'est pas rare de découvrir de l'argent enfoui dans la terre en fouillant la place hantée par un fantôme. De même les maris défunts viennent tourmenter, la nuit, leurs femmes mariées en secondes noces, et j'en pourrais nommer plusieurs qui, morts, ont mieux gardé leurs épouses qu'ils n'avaient fait vivants.

» Ceux-là sont blâmables, car, en bonne justice, les défunts ne devraient point faire les jaloux. Mais je vous rapporte ce que j'ai observé. C'est à quoi il faut prendre garde quand on épouse une veuve. D'ailleurs, l'histoire que je vous ai contée est prouvée dans la manière que voici :

» Le matin, après cette nuit extraordinaire, Catherine Fontaine fut trouvée morte dans sa chambre. Et le suisse de Sainte-Eulalie trouva dans le plat de cuivre qui servait aux quêtes une bague d'or avec deux mains unies. D'ailleurs, je ne suis pas homme à faire des contes pour rire. Si nous demandions une autre bouteille de vin !... »

Extrait de *L'Étui de nacre*, 1899

Joseph Ferdinand Morissette[1]

UN REVENANT

Légende

1. Joseph Ferdinand Morissette (1858-1901) est un écrivain et journaliste québécois.

Un soir du mois de février dernier, nous étions réunis un certain nombre d'amis dans la salle de l'Institut canadien de Québec, lorsque au moment où nous étions en frais de discuter sur la politique de certains journaux, nous fûmes interrompus par l'arrivée d'un pauvre vieillard, courbé sous le poids de l'âge et des privations, nous demandant la charité.

Nous nous empressâmes d'acquiescer à sa demande, et notre homme, satisfait de l'accueil que nous lui avions fait, se disposait à partir, lorsque je ne sais trop par quel hasard on me suggéra l'idée de lui demander s'il ne connaissait pas quelques histoires du bon vieux temps.

« J'en connais beaucoup, me répondit-il, que mon père me racontait lorsque j'étais jeune, mais si vous croyez que je puisse vous intéresser, je vous en citerai une qui m'est arrivée à moi-même il y a à peine huit ans. »

Nous acceptâmes cette proposition avec d'autant plus de plaisir que c'était ce que nous sollicitions. Prenant la chaise que je lui présentai, notre raconteur vint s'asseoir au milieu de nous et commença son récit en ces termes :

« C'était la veille de Noël 186... ; je demeurais à Charlesbourg, à quelques arpents de l'église. J'étais venu à Québec pour régler des affaires de famille, et comme je n'avais pu voir les personnes que je désirais rencontrer que très tard dans l'après-midi, il était près de huit heures lorsque je me disposai à retourner à ma demeure.

» Par malheur, il faisait une tempête épouvantable, et les quelques *habitants* qui étaient venus à la ville pour vendre leurs produits, plièrent bagage et s'empressèrent de partir, lorsqu'ils aperçurent le mauvais temps, de sorte que je me vis obligé de faire plus d'une lieue à pied, dans des chemins impraticables et au milieu des ténèbres les plus profondes.

» Je partis donc, et l'espoir me guidant, je fis plus de la moitié du chemin sans qu'aucun accident m'arrivât.

» J'espérais pouvoir atteindre ma demeure heureusement, lorsqu'à un quart de lieue de l'église environ, je fus enveloppé dans un tourbillon de neige, et j'errai pendant plus d'une demi-heure, ne sachant trop où j'allais.

» Enfin, harassé par une marche forcée de plus de trois heures, dans la neige jusqu'aux genoux et ayant complètement perdu mon chemin, j'aurais très certainement péri là, si je n'avais aperçu une maison à quelques pas de moi.

» Je me dirigeai à la hâte vers cette habitation, et je frappai à la porte.

» Une voix creuse, que je crus sortir d'un tombeau, me dit d'ouvrir.

» Quelle ne fut ma stupeur, lorsqu'en entrant j'aperçus un homme, maigre et décharné, moitié vêtu, assis sur une bûche près du foyer, et qui semblait sortir d'une profonde rêverie.

» En me voyant, un éclair de joie brilla dans ses yeux :

“Soyez le bienvenu dans ma pauvre demeure, dit-il, je n'ai autre chose à vous offrir qu'un abri contre le mauvais temps ; puisse-t-il vous satisfaire.”

» Surpris de me trouver en présence d'une personne que je n'avais jamais vue, dans un lieu où je devais connaître tout le monde, je lui demandai comment il se faisait que depuis six ans que je demeurais à Charlesbourg, je ne l'avais pas rencontré.

“En effet, me répondit-il, vous ne devez pas me connaître, puisqu'il y a dix ans que je ne compte plus parmi les vivants.

— Comment ! monsieur, vous êtes mort depuis dix ans ? dites-vous, et vous êtes ici ce soir ! Vous êtes donc un revenant ?

— Oui, je suis un revenant ; si vous me voyez ici en ce moment, ce n'est que par une permission de Dieu ; mais comme l'heure approche où je dois retourner parmi les morts et qu'il faut, qu'avant de partir, je vous transmette la cause de ma présence ici, afin que mon malheur vous serve d'exemple, je vais m'empresser de vous raconter la chose.

» Il y a dix ans à pareille époque, un homme revenait de la ville, à pied, lorsque arrivé dans les environs d'ici, il fut saisi par une violente tempête, qui le contraignit à venir me demander asile. Je refusai d'ouvrir, et comme il insistait, je menaçai de le tuer, s'il ne se retirait pas.

» Il partit, en effet, mais je ne pus dormir de la nuit. Il me semblait entendre les gémissements de ce malheureux qui me suppliait de le laisser entrer, et le lendemain matin, j'étais debout avant quatre heures.

» Je n'osais sortir ; j'avais comme un pressentiment de ce qui devait m'arriver

» Il était sept heures du matin, lorsqu'on vint m'avertir qu'on avait trouvé un homme gelé à mort à quelques pas de ma maison et qu'on l'avait transporté au presbytère.

» Il n'y avait plus à en douter ; c'était le même qui était venu frapper à ma porte, au milieu de la nuit, et auquel j'avais refusé d'ouvrir. Une action aussi lâche méritait un châtiment ; il ne se fit pas attendre.

» Le soir même, j'avais une violente attaque d'apoplexie, qui me conduisit au tombeau en moins de deux heures, sans avoir eu ni prêtre, ni médecin.

» Depuis ce jour, Dieu a voulu que je vinsse ici tous les ans, la veille de Noël, attendre que quelqu'un, surpris par le mauvais temps, me demande un gîte pour la nuit, et ce n'est qu'aujourd'hui, que sans le savoir, vous avez été l'instrument dont la Providence s'est servi pour ma délivrance. Maintenant, ma pénitence est finie et je vais aller recevoir la récompense qui m'est destinée.

» Merci, adieu !" Et il disparut…

» Je restai comme plongé dans une léthargie complète, je ne sais trop combien de temps, et lorsque je sortis de cette torpeur, il faisait grand jour.

» Pour m'assurer que je n'avais pas été le jouet de quelque cauchemar, je cherchai dans tous les endroits de la maison, mais je ne trouvai rien, et je sortis bien persuadé que ce n'était pas une vision, mais bien une réalité dont j'avais été témoin. »

Extrait de *Le fratricide*, 1884

Aurélien Scholl[1]

Le fantôme

Conte de Noël

1. Aurélien Scholl (1833-1902) est un écrivain et journaliste bordelais. Il est l'auteur de nombreux romans et pièces de théâtre, ainsi que de quelques poèmes et recueils de nouvelles.

Le 24 décembre, à la nuit tombante, monsieur Cœurdefer rentrait chez lui. C'était l'homme le plus riche de la ville; il avait des maisons dans tous les quartiers. Des centaines d'ouvriers avaient travaillé dans ses forges, dans ses usines; d'autres, pour augmenter ses richesses, s'étaient condamnés à passer leur vie sous terre, dans les ténèbres, étouffés par un ciel de charbon.

Le riche industriel trouvait cela tout naturel. Pendant que les pauvres gens se tuaient le corps à son service, il amassait, amassait, amassait.

Resté seul, avec une fille, il était indifférent à tout le reste de l'humanité.

Dur et cruel, il ne connaissait qu'une chose au monde, l'argent. Aussi prétendait-on dans les faubourgs qu'il buvait tous les matins un verre de larmes et tous les soirs une bouteille de sueurs du peuple.

Quand monsieur Cœurdefer arriva chez lui, il franchit la porte sans prendre garde à une forme humaine qui se tenait sur le seuil et dont les yeux semblaient flotter dans le vide.

Ce fantôme restait immobile, sans paraître éprouver d'autre impression que celle du froid.

Quand monsieur Cœurdefer fut entré, le fantôme le suivit et pénétra avec lui dans le petit salon, où se trouvait la plus gracieuse jeune fille qu'on pût voir.

Apercevant son père, elle se leva et lui jeta les bras autour du cou. Cœurdefer l'embrassa tendrement et s'assit. Le fantôme observait cette scène, et ses regards allaient curieusement de l'un à l'autre.

« Qu'est-ce que tu lis donc là, ma fille ? demanda monsieur Cœurdefer

— Des poésies, répondit doucement mademoiselle Marie.

— Des bêtises, alors ! grommela Cœurdefer.

— Mais non, mon père ; écoutez :

Comme j'allais avoir quinze ans,
Je marchais un jour à pas lents
Dans un bois, sur une bruyère.
Au pied d'un arbre vint s'asseoir
Un jeune homme vêtu de noir
Qui me ressemblait comme un frère. »

L'industriel tressaillit. Marie continua :

« *À l'âge où l'on croit à l'amour,*
J'étais seul dans ma chambre, un jour,
Pleurant ma première misère.

Au coin de mon feu vint s'asseoir
Un étranger vêtu de noir
Qui me ressemblait comme un frère.

— C'est singulier, dit l'homme aux millions. Il me semble, depuis ce malin, que j'ai constamment à mes côtés ce pauvre Frédéric. »

Le fantôme étendit un bras et désigna au riche financier un meuble placé dans le coin du salon.

« Quel était celui dont le souvenir vous attriste ainsi ? demanda Marie.

— C'était un jeune homme, un rêveur. Il était mon ami quand nous étions enfants. Pauvre et fier, il ne s'est jamais adressé à moi. Il est mort à Paris, mort de froid et de faim, la veille de Noël, il y a quinze ans. Je ne sais quelle idée lui était venue de laisser une lettre pour moi. »

Cœurdefer se leva, ouvrit un petit meuble, et lut la lettre, qu'il y avait conservée :

Adieu, Oswald ! Souviens-toi des recommandations d'un homme dont le corps est déjà mort et dont l'esprit flotte au-dessus des nuages. Il y a, dans notre pays, bien des pauvres. Que ce soient tes frères et tes sœurs ! Sois secourable à ceux qui souffrent, à ceux qui sont tombés, à ceux qu'accable l'indigence.

— C'est très beau, cela, mon père.

— Allons donc ! S'il fallait que chacun de nous sacrifiât sa vie à l'humanité, nous serions tous à l'hôpital. Nous n'avons pas fait le monde, et nous ne pouvons pas le corriger. Avec le système actuel, il y a des gens heureux et des gens malheureux. Il n'y a des riches que parce qu'il y a des pauvres. Si tout le monde était pauvre, où serait l'avantage ? »

À ce moment, un coup de sonnette se fit entendre, timide, hésitant, presque honteux.

Prévoyant une visite, Marie passa dans la pièce voisine.

Peu après, un domestique entra.

« Qu'est-ce que c'est ? demanda Cœurdefer.

— Une femme avec deux petits enfants.

— Que veut-elle ? »

La pauvre femme se tenait sur le seuil de la porte.

« Monsieur, dit-elle d'une voix suppliante, mon mari n'a pu trouver d'ouvrage depuis six mois. Il est parti, espérant être plus heureux à l'étranger. Votre homme d'affaires me met dehors avec mes enfants, parce que je dois un an de loyer. Outre ceux que vous voyez, j'ai une petite fille malade qui grelotte sur un peu de paille. Je vous supplie d'attendre encore. Mon mari est bon ouvrier, et, dès qu'il le pourra, nous payerons.

— Madame, répondit Cœurdefer, je suis désolé de tout cela, mais vous comprenez que ce ne serait pas la peine d'avoir des maisons si l'on s'en servait pour loger des gens qui ne peuvent pas payer.

— Monsieur, il fait si froid !

— Assez, madame, ma résolution est irrévocable. »

La pauvre femme se retira en pleurant ; mais, dans le corridor, une jeune fille lui glissa doucement un rouleau d'or dans la main.

« Prenez, dit-elle, et taisez-vous. »

Et, revenant auprès de son père, elle reprit son livre et lut :

« Partout où j'ai voulu dormir,
Partout où j'ai voulu mourir,
Partout où j'ai touché la terre,
Sur ma route est venu s'asseoir
Un étranger vêtu de noir
Qui me ressemblait comme un frère.

— C'est étrange ! s'écria Cœurdefer, le souvenir de Frédéric m'obsède. »

Le fantôme lui désigna la lettre restée ouverte. Le financier la reprit :

SI LES MORTS PEUVENT ENCORE CONSERVER QUELQUES RAPPORTS AVEC LES VIVANTS, JE JURE D'ALLER TE RENDRE VISITE LA VEILLE DE NOËL, ANNIVERSAIRE DE MA DÉLIVRANCE TERRESTRE. QUE PAR TOI UN RAYON DE PAIX ET DE BONHEUR PÉNÈTRE DANS CE PAYS OÙ FOURMILLENT LES ESCLAVES, LES TRAVAILLEURS DANS LA MISÈRE, LES PARIAS QUE LA SOCIÉTÉ REPOUSSE, LES FEMMES QUI

PLEURENT, LES EXILÉS SANS ASILE, LES IVROGNES, LES FORÇATS, LES ENFANTS PERVERTIS DÈS LE BERCEAU. QUE LES MEMBRES LES PLUS HIDEUX DE L'HUMANITÉ QUI S'AVANCE, PAR UNE ROUTE FÉCONDE EN DOULEURS, VERS UNE PERFECTION QUE QUELQUES HOMMES ONT ENTREVUE, SOIENT TES FRÈRES ET TES SŒURS ! N'AIME ET NE FAIS QUE CE QUI PEUT ÊTRE UTILE AU GENRE HUMAIN !

— Quel fou ! » murmura le richard en se levant.

Mais alors il vit, il vit clairement en face de lui le fantôme qui le regardait avec tristesse.

« Frédéric ! » s'écria-t-il en étendant les bras.

Marie ouvrait de grands yeux étonnés.

Cœurdefer sonna.

« Savez-vous, demanda-t-il à son domestique, où demeure cette femme qui sort d'ici ?

— Oui, monsieur, dans une de vos maisons du faubourg.

— Eh bien ! allez lui dire qu'elle peut y rester.

— Mais, monsieur, elle est encore en bas. Elle veut payer.

— Qui donc lui a donné de l'argent ? »

Portant alors ses regards sur sa fille :

« Tu as bien fait, s'écria-t-il.

— Mon père, que vous êtes bon ! dit Marie.

— Bon, je veux l'être dorénavant. Je crois décidément qu'il y a autre chose que ce que nous voyons. Ce serait trop triste autrement. Ma fille, désormais, je serai de moitié dans tes bonnes œuvres.

— Ce ne serait pas assez, répliqua la jeune fille.

— Soit. Nous suivrons à la lettre les recommandations de ce pauvre mort, mon ancien ami. »

À ce moment, la grosse bûche qui se consumait lentement dans le foyer épandit une flamme joyeuse. La lumière, vive et folâtre, illumina tout l'appartement. La flamme tournoyait, s'allongeait, tantôt en spirales dorées, tantôt en crêtes bleues et rouges, et les petits oiseaux brodés qui parsemaient la tapisserie avaient l'air de s'agiter et de danser follement sur les murs.

Le gros richard respira longuement, se sentant délivré de l'oppression qu'il subissait depuis le matin. Quant au fantôme, il avait disparu.

Et le père de Marie ne le revit plus jamais.

Paru dans *La Revue illustrée*, février 1900

Honoré Beaugrand[1]

Le fantôme de l'avare

1. Honoré Beaugrand (1848-1906), est un homme politique – il a été maire de Montréal –, journaliste et écrivain québécois.

Pendant qu'un vent glacé pleurait dans le grand orme,
La porte s'entr'ouvrit, puis une étrange forme
S'avança lentement parmi les invités :
— « Mon frère ne sait point que les cieux irrités
« Punissent le chrétien qui ne fait pas l'aumône, »
Dit le nouveau venu, relevant son front jaune.

L. P. Le May, *Les vengeances*

Vous connaissez tous, vieillards et jeunes gens, l'histoire que je vais vous raconter. La morale de ce récit, cependant, ne saurait vous être redite trop souvent, et rappelez-vous que derrière la légende, il y a la leçon terrible d'un Dieu vengeur qui ordonne au riche de faire la charité.

C'était la veille du jour de l'an de grâce 1858.

Il faisait un froid sec et mordant.

La grande route qui longe la rive nord du Saint-Laurent de Montréal à Berthier était couverte d'une épaisse couche de neige, tombée avant la Noël.

Les chemins étaient lisses comme une glace de Venise. Aussi, fallait-il voir si les fils des fermiers à l'aise des paroisses du fleuve se plaisaient à « pousser » leurs chevaux fringants, qui passaient comme le vent au son joyeux de clochettes de leurs harnais argentés.

Je me trouvais en veillée chez le père Joseph Hervieux, que vous connaissez tous. Vous savez aussi que sa maison, qui est bâtie en pierre, est située à mi-chemin entre les églises de Lavaltrie et de Lanoraie.

Il y avait fête ce soir-là chez le père Hervieux. Après avoir copieusement soupé, tous les membres de la famille s'étaient rassemblés dans la grande salle de réception.

Il est d'usage que chaque famille canadienne donne un festin au dernier jour de chaque année, afin de pouvoir saluer, à minuit, avec toutes les cérémonies voulues, l'arrivée de l'inconnu qui nous apporte à tous une part de joies et de douleurs.

Il était dix heures du soir.

Les bambins, poussés par le sommeil, se laissaient les uns après les autres rouler sur les robes de buffle qui avaient été étendues autour de l'immense poêle à fourneau de la cuisine.

Seuls, les parents et les jeunes gens voulaient tenir tête à l'heure avancée, et se souhaiter mutuellement une bonne et heureuse année, avant de se retirer pour la nuit.

Une fillette vive et alerte, qui voyait la conversation languir, se leva tout à coup et allant déposer un baiser respectueux sur le front du grand-père de la famille, vieillard presque centenaire, lui dit d'une voix qu'elle savait irrésistible :

« Grand-père, redis-nous, je t'en prie, l'histoire de ta rencontre avec l'esprit de ce pauvre Jean-Pierre Beaudry – que Dieu ait pitié de son âme – que tu nous racontas l'an dernier, mais ça nous aidera à passer le temps en attendant minuit.

— Oh ! oui ! grand-père, l'histoire du jour de l'an, répétèrent en chœur les convives qui étaient presque tous les descendants du vieillard.

— Mes enfants, reprit d'une voix tremblotante l'aïeul aux cheveux blancs, depuis bien longtemps, je vous répète, à la veille de chaque jour de l'an, cette histoire de ma jeunesse. Je suis bien vieux, et peut-être pour la dernière fois vais-je vous la redire ici ce soir. Soyez tout attention, et remarquez surtout le châtiment terrible que Dieu réserve à ceux qui, en ce monde, refusent l'hospitalité au voyageur en détresse. »

Le vieillard approcha son fauteuil du poêle, et ses enfants ayant fait cercle autour de lui, il s'exprima en ces termes :

« Il y a de cela soixante-dix ans aujourd'hui. J'avais vingt ans alors.

» Sur l'ordre de mon père, j'étais parti de grand matin pour Montréal, afin d'aller y acheter divers objets pour la famille ; entre autres, une magnifique dame-jeanne de Jamaïque, qui nous était absolument nécessaire pour traiter dignement les amis à l'occasion du nouvel an. À trois heures de l'après-midi, j'avais fini mes achats, et je me préparais à reprendre la route de Lanoraie. Mon berlot était assez bien rempli, et comme je voulais être de retour chez nous avant neuf heures, je fouettai vivement mon cheval qui partit au grand trot. À cinq heures et demie, j'étais à la traverse du bout de l'île, et j'avais jusqu'alors fait bonne route. Mais le ciel s'était couvert peu à peu et tout faisait présager une forte bordée de neige. Je m'engageai sur la traverse, et avant que j'eusse atteint Repentigny, il neigeait à plein temps.

» J'ai vu de fortes tempêtes de neige durant ma vie, mais je ne m'en rappelle aucune qui fût aussi terrible que celle-là. Je ne voyais ni ciel ni terre, et à peine pouvais-je suivre le "chemin du roi" devant moi, les "balises" n'ayant pas encore été posées, comme l'hiver n'était pas avancé.

» Je passai l'église Saint-Sulpice à la brunante; mais bientôt, une obscurité profonde et une "poudrerie" qui me fouettait la figure m'empêchèrent complètement d'avancer. Je n'étais pas bien certain de la localité où je me trouvais, mais je croyais alors être dans les environs de la ferme du père Robillard. Je ne crus pouvoir faire mieux que d'attacher mon cheval à un pieu de la clôture du chemin, et de me diriger à l'aventure à la recherche d'une maison pour y demander l'hospitalité en attendant que la tempête fût apaisée.

» J'errai pendant quelques minutes et je désespérais de réussir quand j'aperçus, sur la gauche de la grande route, une masure à demi ensevelie dans la neige et que je ne me rappelais pas avoir encore vue. Je me dirigeai en me frayant avec peine un passage dans les bancs de neige vers cette maison que je crus tout d'abord abandonnée. Je me trompais cependant ; la porte en était fermée, mais je pus apercevoir par la fenêtre la lueur rougeâtre d'un bon feu de “bois franc” qui brûlait dans l'âtre. Je frappai et j'entendis aussitôt les pas d'une personne qui s'avançait pour m'ouvrir. Au “qui est là ?” traditionnel, je répondis en grelottant que j'avais perdu ma route, et j'eus le plaisir immédiat d'entendre mon interlocuteur lever le loquet. Il n'ouvrit la porte qu'à moitié, pour empêcher autant que possible le froid de pénétrer dans l'intérieur, et j'entrai en secouant mes vêtements qui étaient couverts d'une couche épaisse de neige.

“Soyez le bienvenu”, me dit l'hôte de la masure en me tendant une main qui me parut brûlante, et en m'aidant à me débarrasser de ma ceinture fléchée et de mon capot d'étoffe du pays.

Je lui expliquai en peu de mots la cause de ma visite, et après l'avoir remercié de son accueil bienveillant, et après avoir accepté un verre d'eau-de-vie qui me réconforta, je pris place sur une chaise boiteuse qu'il m'indiqua de la main au coin du foyer. Il sortit, en me disant qu'il allait sur la route quérir mon cheval et ma voiture, pour les mettre sous une remise, à l'abri de la tempête.

Je ne pus m'empêcher de jeter un regard curieux sur l'ameublement original de la pièce où je me trouvais. Dans un coin, un misérable banc-lit sur lequel était étendue une peau de buffle devait servir de couche au grand vieillard aux épaules voûtées qui m'avait ouvert la porte. Un ancien fusil, datant probablement de la domination française, était accroché aux soliveaux en bois brut qui soutenaient le toit en chaume de la maison. Plusieurs têtes de chevreuils, d'ours et d'orignaux étaient suspendues comme trophées de chasse aux murailles blanchies à la chaux. Près du foyer, une bûche de chêne solitaire semblait être le seul siège vacant que le maître de céans eût à offrir au voyageur qui, par hasard, frappait à sa porte pour lui demander l'hospitalité.

» Je me demandai quel pouvait être l'individu qui vivait ainsi en sauvage en pleine paroisse de Saint-Sulpice, sans que j'en eusse jamais entendu parler. Je me torturai en vain la tête, moi qui connaissais tout le monde, depuis Lanoraie jusqu'à Montréal, mais je n'y voyais goutte. Sur ces entrefaites, mon hôte rentra et vint, sans dire mot, prendre place vis-à-vis de moi, à l'autre coin de l'âtre.

“Grand merci de vos bons soins, lui dis-je, mais voudriez-vous bien m'apprendre à qui je dois une hospitalité aussi franche ? Moi qui connais la paroisse de Saint-Sulpice comme mon *Pater*, j'ignorais jusqu'aujourd'hui qu'il y eût une maison située à l'endroit qu'occupe la vôtre, et votre figure m'est inconnue.”

» En disant ces mots, je le regardai en face, et j'observai pour la première fois les rayons étranges que produisaient les yeux de mon hôte ; on aurait dit les yeux d'un chat sauvage. Je reculai instinctivement mon siège en arrière, sous le regard pénétrant du vieillard qui me regardait en face, mais qui ne me répondait pas.

» Le silence devenait fatigant, et mon hôte me fixait toujours de ses yeux brillants comme les tisons du foyer.

» Je commençais à avoir peur.

» Rassemblant tout mon courage, je lui demandai de nouveau son nom. Cette fois, ma question eut pour effet de lui faire quitter son siège. Il s'approcha de moi à pas lents, et posant sa main osseuse sur mon épaule tremblante, il me dit d'une voix triste comme le vent qui gémissait dans la cheminée :

"Jeune homme, tu n'as pas encore vingt ans, et tu demandes comment il se fait que tu ne connaisses pas Jean-Pierre Beaudry, jadis le richard du village. Je vais te le dire, car ta visite ce soir me sauve des flammes du purgatoire où je brûle depuis cinquante ans, sans avoir jamais pu jusqu'aujourd'hui remplir la pénitence que Dieu m'avait imposée. Je suis celui qui jadis, par un temps comme celui-ci, avait refusé d'ouvrir sa porte à un voyageur épuisé par le froid, la faim et la fatigue."

» Mes cheveux se hérissaient, mes genoux s'entrechoquaient, et je tremblais comme la feuille du peuplier pendant les fortes brises du nord. Mais le vieillard, sans faire attention à ma frayeur, continuait toujours d'une voix lente:

"Il y a de cela cinquante ans. C'était bien avant que l'Anglais eût jamais foulé le sol de ta paroisse natale. J'étais riche, bien riche, et je demeurais alors dans la maison où je te reçois, ici, ce soir. C'était la veille du jour de l'an, comme aujourd'hui, et seul près de mon foyer, je jouissais du bien-être d'un abri contre la tempête et d'un bon feu qui me protégeait contre le froid qui faisait craquer les pierres des murs de ma maison. On frappa à ma porte, mais j'hésitais à ouvrir. Je craignais que ce ne fût quelque voleur qui, sachant mes richesses, ne vint pour me piller, et, qui sait, peut-être m'assassiner.

» Je fis la sourde oreille et, après quelques instants, les coups cessèrent. Je m'endormis bientôt, pour ne me réveiller que le lendemain au grand jour, au bruit infernal que faisaient deux jeunes hommes du voisinage qui ébranlaient ma porte à grands coups de pied. Je me levai à la hâte pour aller les châtier de leur impudence, quand j'aperçus, en ouvrant la porte, le corps inanimé d'un jeune homme qui était mort de froid et de misère sur le seuil de ma maison. J'avais, par amour pour mon or, laissé mourir un homme qui frappait à ma porte, et j'étais presque un assassin. Je devins fou de douleur et de repentir.

» Après avoir fait chanter un service solennel pour le repos de l'âme du malheureux, je divisai ma fortune entre les pauvres des environs, en priant Dieu d'accepter ce sacrifice en expiation du crime que j'avais commis. Deux ans plus tard, je fus brûlé vif dans ma maison et je dus aller rendre compte à mon Créateur de ma conduite sur cette terre que j'avais quittée d'une manière si tragique. Je ne fus pas trouvé digne du bonheur des élus et je fus condamné à revenir à la veille de chaque nouveau jour de l'an, attendre ici qu'un voyageur vînt frapper à ma porte, afin que je pusse lui donner cette hospitalité que j'avais refusée de mon vivant à l'un de mes semblables. Pendant cinquante hivers, je suis venu, par l'ordre de Dieu, passer ici la nuit du dernier jour de chaque année, sans que jamais un voyageur dans la détresse ne vînt frapper à ma porte. Vous êtes enfin venu ce soir, et Dieu m'a pardonné. Soyez à jamais béni d'avoir été la cause de ma délivrance des flammes du purgatoire, et croyez que, quoi qu'il vous arrive ici-bas, je prierai Dieu pour vous là-haut."

» Le revenant, car c'en était un, parlait encore quand, succombant aux émotions terribles de frayeur et d'étonnement qui m'agitaient, je perdis connaissance...

» Je me réveillai dans mon brelot, sur le chemin du roi, vis-à-vis l'église de Lavaltrie.

» La tempête s'était apaisée et j'avais sans doute, sous la direction de mon hôte de l'autre monde, repris la route de Lanoraie.

» Je tremblais encore de frayeur quand j'arrivai ici à une heure du matin, et que je racontai, aux convives assemblés, la terrible aventure qui m'était arrivée.

» Mon défunt père, – que Dieu ait pitié de son âme – nous fit mettre à genoux, et nous récitâmes le rosaire, en reconnaissance de la protection spéciale dont j'avais été trouvé digne, pour faire sortir ainsi des souffrances du purgatoire une âme en peine qui attendait depuis si longtemps sa délivrance. Depuis cette époque, jamais nous n'avons manqué, mes enfants, de réciter à chaque anniversaire de ma mémorable aventure, un chapelet en l'honneur de la Vierge Marie, pour le repos des âmes des pauvres voyageurs qui sont exposés au froid et à la tempête.

» Quelques jours plus tard, en visitant Saint-Sulpice, j'eus l'occasion de raconter mon histoire au curé de cette paroisse. J'appris de lui que les registres de son église faisaient en effet mention de la mort tragique d'un nommé Jean-Pierre Beaudry, dont les propriétés étaient alors situées où demeure maintenant le petit Pierre Sansregret. Quelques esprits forts ont prétendu que j'avais rêvé sur la route. Mais où avais-je donc appris les faits et les noms qui se rattachaient à l'incendie de la ferme du défunt Beaudry, dont je n'avais jusqu'alors jamais entendu parler?

Monsieur le curé de Lanoraie, à qui je confiai l'affaire, ne voulut rien en dire, si ce n'est que le doigt de Dieu était en toutes choses et que nous devions bénir son saint nom. »

Le maître d'école avait cessé de parler depuis quelques moments, et personne n'avait osé rompre le silence religieux avec lequel on avait écouté le récit de cette étrange histoire. Les jeunes filles émues et craintives se regardaient timidement sans oser faire un mouvement, et les hommes restaient pensifs en réfléchissant à ce qu'il y avait d'extraordinaire et de merveilleux dans cette apparition surnaturelle du vieil avare, cinquante ans après son trépas.

Le père Montépel fit enfin trêve à cette position gênante en offrant à ses hôtes une dernière rasade de bonne eau-de-vie de la Jamaïque, en l'honneur du retour heureux des voyageurs.

On but cependant cette dernière santé avec moins d'entrain que les autres, car l'histoire du maître d'école avait touché la corde sensible dans le cœur du paysan franco-canadien : la croyance à tout ce qui touche aux histoires surnaturelles et aux revenants.

Après avoir salué cordialement le maître et la maîtresse de céans et s'être redit mutuellement de sympathiques bonsoirs, garçons et filles reprirent le chemin du logis. Et, en parcourant la grande route qui longe la rive du fleuve, les fillettes serraient en tremblotant le bras de leurs cavaliers, en entrevoyant se balancer dans l'obscurité la tête des vieux peupliers ; et en entendant le bruissement des feuilles, elles pensaient encore malgré les doux propos de leurs amoureux, à la légende du « *Fantôme de l'avare* ».

Extrait de *Jeanne la Fileuse*, 1878

Erckmann-Chatrian[1]

Entre deux vins

1. Erckmann-Chatrian est le pseudonyme de deux romanciers français, Émile Erckmann (1822-1899) et Alexandre Chatrian (1826-1890). Leur œuvre, où s'unissent pour le meilleur la nature rêveuse d'Erckmann et la jovialité de Chatrian, se compose essentiellement de deux séries : les *Romans nationaux* et les *Contes et romans populaires.*

Pendant la messe de minuit de l'an 1847, à Phalsbourg, le petit greffier de la justice de paix, Conrad Spitz et moi, nous vidions notre troisième bol de punch au café Schweitzer, près de la porte d'Allemagne. Tout le monde était à l'église. La veuve Schweitzer, avant de partir, avait éteint les quinquets ; la chandelle, placée entre Spitz et moi, éclairait vaguement un angle du billard, notre bol et nos verres : le reste se perdait dans l'ombre. La servante Grédel chantait à voix basse dans la cuisine, et nous venions d'entendre une chaise tomber au milieu du silence.

En ce moment, le petit greffier se prit à dire :

« Comment se fait-il, mon cher monsieur Vanderbach, qu'à cette heure indue, sans nous être dérangés de notre place au café Schweitzer, nous nous trouvions transportés chez Holbein, le tisserand, au coin de la halle aux grains et des vieilles boucheries ? »

Ces paroles m'étonnèrent. Je regardai autour de moi, et je reconnus qu'en effet nous étions assis dans une petite chambre tellement basse, que les poutres enfumées du plafond nous touchaient presque la tête. Les petites vitres à mailles de plomb étaient ensevelies sous la neige. Un métier de tisserand en forme de buffet, des écheveaux de chanvre suspendus à des traverses, un lit à baldaquin drapé de serge grise, un antique fauteuil à fond de cuir poli comme un plat à barbe, trois chaises effondrées, des ficelles tendues en tous sens, où pendaient des guenilles : voilà ce que je vis dans ce recoin du monde ! Enfin, entre le métier et le pied du lit, une perruque jaunâtre s'élevait et s'abaissait tour à tour, et je reconnus que c'était la tête du grand-père Holbein, tombé en enfance, et qui dormait toujours à la même place, plus jaune, plus ratatiné qu'une momie du temps de Sésostris.

Mais ce qui m'étonna le plus, c'est qu'en me retournant vers Conrad Spitz, pour lui témoigner ma surprise, je me trouvai face à face avec une vieille pie chauve, posée sur le bâton supérieur de la chaise du greffier, le bec droit, la tête enfoncée entre les épaules, les yeux recouverts d'une pellicule blanche qu'elle relevait de temps en temps, et ses petites pattes sèches et noires, cramponnées au bois vermoulu. Elle était immobile et rêveuse.

Je me dis aussitôt que Spitz, connu par son humeur caustique, s'était transformé en pie pour jouir de ma confusion ; rien de plus naturel, il avait profité du moment où je tournais la tête. Du reste, son habit noir, sa cravate blanche, son nez pointu, ses petites mains nerveuses, lui donnaient les plus grandes facilités à cet égard.

« Oh ! oh ! camarade, lui dis-je, si tu veux jouir de mon embarras, tu te trompes. Ce n'est pas moi qui m'étonne de ces choses-là. Il y a bel âge que j'ai entendu raconter de semblables histoires !

— Ce n'est pas pour cela que j'ai pris cette forme, dit-il, c'est parce qu'elle m'est plus commode. Ces chaises mal rempaillées ne me conviennent pas. Je suis bien mieux sur ce petit bâton ; il semble avoir été fait tout exprès pour moi. »

Je compris que ses raisons pouvaient être bonnes. Cependant, sa nouvelle physionomie me parut bizarre, et je le considérais avec une curiosité singulière.

« Conrad, repris-je en dissimulant mes véritables pensées, je m'étonne que Holbein, sa femme et sa grande fille borgne abandonnent ainsi leur maison au milieu de la nuit ; car enfin, si nous n'étions pas d'honnêtes gens, nous pourrions fort bien enlever ces écheveaux de chanvre et cette pièce de toile : il y a tant de coquins dans ce monde !

— Oh ! fit-il, je suis ici pour garder la maison. »

Ce fut pour moi un trait de lumière. J'avais souvent remarqué sur le seuil de la vieille cassine une pie chauve. J'avais observé cet animal avec une vague défiance, ainsi que la mère Holbein, aux mains sillonnées de grosses veines bleuâtres, aux cheveux plus blancs que le lin. « Hé ! hé ! me disait la vieille en branlant la tête... Vous regardez mon oiseau. Vous voudriez bien l'avoir, mais il est de la famille ! »

Je ne doutai pas alors que cette pie ne fût Conrad Spitz lui-même ; le petit greffier venait se reposer là de ses fatigues, se voyant bien accueilli par ces braves gens. Je lui communiquai ma supposition.

« Hé ! fit-il, vous êtes plus perspicace que je ne l'aurais cru, monsieur Vanderbach. En effet, c'est bien moi ! Que voulez-vous ? La vieille Ursule me soigne bien ; elle se priverait plutôt que de me laisser manquer. Chacun cherche ses avantages. »

Nous causions ainsi, quand la voix du père Holbein se fit entendre au-dehors, criant :

« Orchel, tu as oublié de fermer notre porte. Que le diable emporte la vieille folle. Nous sommes peut-être volés ! »

En même temps il entra, et me voyant assis en face de la lampe :

« Hé, fit-il, c'est monsieur Vanderbach ! »

Puis la vieille, avec son livre de prières... puis la fille, secouant la neige attachée au bas de sa robe, entrèrent à leur tour, en me saluant d'un : « Dieu vous bénisse ! »

La pie s'envola sur l'épaule de la vieille, et Holbein, me regardant, dit à sa femme :

« Hé! hé! hé! ce bon monsieur Vanderbach! Comment diable est-il ici? Il m'a l'air d'avoir fait le réveillon.

— Oui, dit la femme, conduis-le chez lui.

— Allons, monsieur, dit le tisserand, il est tard… Prenez mon bras.

— Oh! je retournerai bien tout seul, lui répondis-je.

— C'est égal… c'est égal… faites-moi le plaisir de vous appuyer un peu. »

Nous venions de sortir. Il y avait deux pieds de neige.

« Et Spitz? lui dis-je en marchant.

— Qui, Spitz?

— Le greffier?… la pie?…

— Ah! fit-il, oui… oui… je vous comprends… la pie va dormir… Vous avez causé avec elle… C'est un animal bien intelligent. »

Et le brave homme me conduisit jusqu'à la porte de ma maison. Ma servante m'attendait; elle le remercia. Cette nuit-là, je dormis comme un bienheureux. Le lendemain, quand je rencontrai Spitz, il ne se souvenait plus de rien; il prétendit que j'étais sorti seul du café, et que j'étais entré en trébuchant chez les Holbein. Du reste, il ne voulut jamais convenir de sa transformation, et s'indigna même de mes propos à ce sujet!

Extrait de *Contes et romans populaires*, 1867

Anatole Le Braz[1]

L'AVENTURE DU PILOTE

1 Anatole Le Braz (1859-1926), fin connaisseur du folklore breton, a écrit tous ses romans en français mais son œuvre poétique, à ce jour presque inédite, en breton.

C'était dans la maison des Menguy, située là-haut, sur la croupe accidentée des Crec'h[1], en bordure de la mer. On devisait au coin du feu, et, comme Noël approchait, la conversation, laissant les menues nouvelles locales, tourna vers les merveilles de la nuit sainte. Chacun raconta son propos ; seul le pilote Cloarec, venu en voisin, gardait le silence, la pipe aux dents. Sous ses épais sourcils en broussailles, son petit œil bleu, noyé d'un vague embrun, semblait regarder le déroulement intérieur de quelque procession de souvenirs. Qui saura jamais la richesse de ces frustes mémoires bretonnes, si pleines de choses inexprimées !

« Çà, fis-je, vous, Cloarec, qui ne dites rien, gageons que vous avez en magasin des histoires étonnantes qui ne demandent qu'à sortir. »

Il hocha sa tête frisée, où les volutes de ses mèches grises floconnaient ainsi qu'une toison. Sa face, cuite et recuite par la salure du vent marin, de rouge brique qu'elle était, devint rouge feu, et ce fut d'une voix embarrassée qu'il balbutia :

1. Hauteurs pierreuses, sur le littoral.

« Des histoires comme celle qui me revient, il n'y a pas de quoi s'en vanter.

— Raison de plus pour la dire, insinua l'aîné des fils Menguy. Vous ferez un acte d'humilité ; ça vous gagnera des indulgences, pilote. »

Le vieux, après une courte hésitation, se décida brusquement.

« Aussi bien, déclara-t-il, mon aventure pourra vous servir de leçon à vous autres, jeunes mécréants : elle vous montrera qu'il n'est jamais bon de mépriser l'expérience des anciens. »

Il ôta sa pipe de sa bouche, en secoua religieusement la cendre sur son pouce, passa le revers de sa main sous son nez, en reniflant avec force, et commença en breton.

I

« L'expérience des anciens !... J'avais alors à peu près ton âge, Jean Menguy ; comme toi, je rentrais du service à l'État, et, comme toi encore sans doute, je pensais : *Les anciens, ça n'est que des radoteurs.* C'est ainsi que, cet hiver-là, mon père m'ayant déconseillé de partir pour la pêche au large des îles, sous prétexte que c'était veille de Noël, je lui répondis :

"Veille de Noël ou non, que vous veniez ou que vous ne veniez pas, les vents sont noroît, il fait temps béni pour le turbot ; moi, j'embarque."

» Et c'est vrai que le temps était le plus favorable que l'on pût souhaiter : un ciel légèrement couvert, une brise pas trop froide et même presque tiédie, une mer grise et douce, à houles larges, sans clapotis. J'avais d'autant plus désir d'en profiter que, de toute la semaine précédente, il n'y avait pas eu moyen de mettre les filets dehors à cause de la brume, une brume épaisse comme à Islande, qui avait fait une espèce de demi-nuit, pendant six jours consécutifs. Mon père dut confesser lui-même qu'il faudrait peut-être attendre les premiers soleils de mars avant de retrouver aubaine pareille pour la quête du poisson fin.

"C'est égal, dit-il. Tu risques de perdre ton âme : à ta place, moi, j'aimerais mieux perdre ma pêche."

Je ripostai :

"Où donc est le commandement de Dieu ou de l'Église qui défend de gagner son pain la veille de Noël ? Est-ce qu'il ne faut pas manger ce jour-là comme les autres jours ?

— Tu fais le beau raisonneur, reprit-il. Moi, je crois ce qu'on m'a toujours dit : à savoir, que la nuit de Noël, à partir de minuit, appartient à Dieu. Et es-tu sûr qu'à minuit tu ne seras pas encore sur les lieux de pêche ?

— Je serai où je pourrai.

— À ton gré. Je t'ai averti. Le reste te regarde : tu as l'âge de raison... Un dernier conseil, pourtant. Si, à certain moment, tu remarques quelque chose de bizarre à bord, hale au plus vite l'ancre, dresse sa croix dans l'air au bout de tes poings, et, ayant fait agenouiller tes hommes, entonne le chant de Nédélek[1]."

» Je haussai ironiquement les épaules et pris, pour me rendre au port, le chemin des Crec'h, afin de prévenir les hommes de l'équipage qu'on allait embarquer. Ils étaient cinq, tous des lascars de mon espèce, et plus préoccupés de faire bouillir la marmite quotidienne en ce monde-ci que de s'assurer leur part de paradis en l'autre. Je pourrais les appeler en témoignage, car ils sont encore vivants, à l'exception du mousse, le petit Dudored, mort il y a une vingtaine d'années, de la fièvre jaune, à Montevideo. C'étaient Pierre et René Balanec, de Roc'h-Vrân, Louis Rudono, du Cosquer, et Gonéry Mezcam, de Kerampoullou. Ils m'eurent bientôt rejoint à la cale, leurs sabots-bottes aux pieds et le suroît noué sous le menton. Dix minutes plus tard nous voguions à toutes voiles, faisant cap vers les Sept-Îles.

» La brise donnait bien. C'était plaisir d'aller. Il n'y avait, du reste, que nous de sortis. Les autres bateaux dormaient sur le flanc, tirés à sec derrière le môle.

1. Noël en breton.

"Tas de flâneurs ! dit Pierre Balanec, en montrant du doigt des groupes de pêcheurs perchés, les bras croisés, sur le glacis de l'ancienne batterie. Ça n'a pas, peut-être, dix sous chez soi pour faire la Noël, et ça fainéante aujourd'hui pour se préparer à nocer demain.

— Oui, continua Rudono sur le même ton, et c'est à nous qu'ils demanderont de les régaler, à l'issue de la grand-messe, par-dessus le marché !"

» Je leur contai le colloque que j'avais eu avec mon père.

"Peuh ! des idées de vieilles femmes !" s'écrièrent-ils en chœur.

» Dudored, cependant, qui changeait l'écoute de foc pour la seconde bordée, risqua d'une voix timide :

"Il y a une chose qui est sûre : le mari de ma grand-mère s'est perdu par un soir pareil, entre minuit et une heure du matin.

— Le mari de ta grand-mère, c'était peut-être bien ton grand-père, farceur !" s'écria Gonéry Mezcam en éclatant de rire.

» Et l'on parla d'autre chose.

» Une fois dans les eaux de l'île aux Moines, nous commençâmes à pêcher, et chacun fut à sa besogne. Mais, contre nos prévisions, le poisson remontait peu. Nous avions compté sur la douceur du temps pour l'attirer, mais il ne se pressait pas, demeurait blotti dans les fonds. Au bout d'une heure ou deux d'attente, un des hommes, je ne sais plus lequel, proposa de gagner plus au large.

"Allons !" fis-je.

» La manœuvre était bonne : nous ne fûmes pas plus tôt au vent des îles qu'à chaque coup de filet nous ramenâmes quelque chose.

"Ça va bien !" disaient les camarades.

» Nous étions maintenant tout à la gaillarde joie du travail qui apporte avec lui son profit. Une ardeur fiévreuse nous animait : c'était comme si nous nous fussions juré de vider les entrailles de la mer. Le mousse n'avait que le temps de tirer les belles pièces pour les mettre à l'abri dans les paniers.

"Attrape ça, morveux", lui criait-on, en lui lançant dans les jambes quelque turbot tout palpitant.

» Ou bien encore :

"Est-ce qu'il en pêchait de cette taille-là, le mari de ta grand-mère ?"

» Et de rire, vous pensez ! Jamais nous n'avions été si gais. Les heures s'écoulaient sans que nous y prissions garde. Nous ne nous aperçûmes même pas que la lumière baissait : nous n'avions d'yeux que pour les grandes eaux couleur de vert-de-gris, qui soulevaient la barque par longues oscillations régulières et nous livraient libéralement leur provende. Seul, Dudored, dans les intervalles de moindre presse, glissait un regard vers les lointains déjà plus assombris. Il n'avait pas notre tranquillité, quoique – vous le verrez par la suite – il ne manquât pas de crânerie, le gamin! L'approche du soir le tourmentait. Il fut d'abord sans oser en rien dire. À la fin il m'interpella:

“Je crois bien qu'il se fait tard, patron... Et ça sera dur, s'il faut rentrer avec jusant.”

» Il avait raison: jusant et vent de noroît, tout serait contre nous, si nous ne nous dépêchions pas d'attraper la barre des Sept-Îles pendant que nous avions encore flot pour la franchir. Ce sont des courants terribles, vous savez, et qu'on ne passe pas comme on saute un talus. J'allais me ranger à l'avis de l'enfant et commander le départ. Mais les autres ne l'entendaient pas ainsi. Le démon du lucre était entré en eux et les possédait: plus ils avaient eu de poisson, plus ils en voulaient avoir. Ils protestèrent d'une seule voix.

“De quoi se mêle-t-il, ce veau mal sevré! Est-ce qu'on lui demande l'heure qu'il est?

— Non, répliquai-je, mais il faudrait peut-être l'écouter tout de même, quand il la donne. Voyez!”

» Et je leur désignai l'horizon de terre sur qui les masses d'ombre commençaient à tomber, annonçant la nuit.

“Bah! bah! Un dernier coup de filet, patron!... Rien qu'un.”

» Ils étaient enragés, ma parole! Et, pour dire la vérité vraie, je ne l'étais pas moins qu'eux, puisque, cependant, non seulement je ne m'opposai pas, mais donnai moi-même la main à ce coup de filet supplémentaire qui faillit être cause de notre perte… J'arrive au vilain moment de mon histoire : permettez que je rallume mon brûle-gueule, soit dit sans vous offenser. »

II

Cloarec se pencha vers le foyer, y cueillit une braise dans le creux de sa main et l'appliqua sur le fourneau de sa minuscule pipe en terre. Pour aspirer les premières bouffées, ses joues s'évidèrent jusqu'à faire toucher intérieurement leurs parois. Un grillon se mit à crisser dans le silence.

« Alors, ce coup de filet ?…

— Oh ! reprit le conteur, il fut tout simplement superbe. Mais c'est après… Ah ! nom d'une misère !… Enfin voici.

» Nous avions fini de tout ranger à bord, les voiles étaient en haut et je venais de m'asseoir au gouvernail pour virer, lorsque, en jetant les yeux sur la misaine, je la vis faseyer doucement, comme s'il calmissait. Ça, vous concevez, c'était un ennui. Si le vent nous faussait compagnie juste au moment où le flot allait lui-même nous manquer, nous étions, comme on dit, dans de vilains draps. Il n'y avait pas de raison, en effet, pour qu'une fois pris par le courant des îles, sans une risée pour appuyer notre marche, nous ne tournions indéfiniment dans ces parages *ad vitam æternam*, c'est-à-dire jusqu'à mi-marée ; encore, pour en sortir à cette minute-là, faudrait-il souquer ferme sur les avirons. Et c'était à tout le moins trois ou quatre heures à droguer au large, dans la nuit, avant de pouvoir cingler vers le port.

» Du coup, je n'avais plus le cœur à rire. Et il était aisé de voir qu'il en allait pareillement de mes compagnons. Assis à leurs postes, sur les bancs, les uns face à l'avant, les autres face à l'arrière, ils regardaient vaguement dans le gris de l'obscurité tombante, sans mot dire. La journée décidément finissait mal.

» Je conservais toutefois l'espoir d'atteindre la redoutable barre en temps propice. Nous n'en étions plus qu'à une demi-encablure, quand la voix de René Balanec s'éleva, roulant une bordée de jurons :

"Nom de… nom de… nom de…

— Quoi ? qu'est-ce qui te prend ?" demandai-je.

» Il regardait par-dessus ma tête, vers la haute mer, dans la direction de l'ouest.

» Je grognai, agacé :

"Parleras-tu, sagouin !

— C'est du propre ! fit-il. Voilà maintenant que ça brouillasse là-bas.

— Y a pas de doute, en effet : c'est la brume", déclarèrent Mezcam et Rudono.

» Je m'étais retourné, d'un mouvement subit, et je dus, hélas ! constater qu'il n'y avait pas de méprise possible. C'était bien la brume, la satanée brume qui, balayée seulement de la veille, revenait à la charge, envahissant de nouveau l'espace, tissant dans l'entre-deux du ciel et de l'eau sa trame d'étoupe molle et déjà cernant l'horizon du soir, prête à tout aveugler.

“La gueuse ! c'est elle qui a muselé le vent”, bougonna Pierre Balanec.

» La mer, aux flancs de la barque, commençait à frisotter : des plaques d'écume – des crachats, comme nous disons – filaient avec rapidité dans le sillage, et, sous nous, on sentait le chêne des planches vibrer. Nous étions dans le *coureau* des îles. Je me dressai sur mes pieds.

“Hé, mousse ! arrive à ma place, et tâche de gouverner au plus près... Nous autres, aux avirons, tous !... Hardi là !” commandai-je en donnant le premier l'exemple.

» Et maintenant, comprenez bien : je m'étais mis à la rame de tribord, avec Mezcam ; les deux frères Balanec étaient à la rame de bâbord.

“Toi, avais-je dit à Louis Rudono, veille devant, à cause des cailloux.”

» Vous savez s'il y en a, dans ces parages d'enfer !... Dès lors – bien que je n'eusse pas encore passé l'examen de pilote –, je les connaissais tous, certes, comme si je les eusse plantés moi-même, ces cailloux de malheur ; et, de nuit aussi bien que de jour, à mer haute comme à mer basse, je me serais débrouillé au milieu d'eux, les mains dans les poches et les yeux fermés. Mais par temps de brume, holà !… Ça n'est ni du jour ni de la nuit, la brume !… Je n'avais guère à compter que sur l'œil de Rudono. C'est vrai qu'il en avait un comme on n'en voit plus. Le rémouleur qui lui avait aiguisé la prunelle n'avait pas volé son argent, ah ! non.

» Tout de même je n'étais pas trop rassuré.

» Rappelez-vous bien, n'est-ce pas, comme nous étions distribués dans le bateau : lui, Rudono, sur l'avant ; le petit Dudored à la barre ; nous quatre, les Balanec, Mezcam et moi, deux par deux sur chaque aviron.

"Eh, ohé ! souque !…"

» Nous n'épargnions pas l'huile à bras, je vous promets. Sous notre effort vigoureux, la barque vola. Le gros Pierre Balanec sortait à intervalles réguliers du fond de sa large poitrine de formidables *ahan ! ahan !* pour marquer la cadence. Mais nous avions beau forcer de vitesse, la brume sournoise, furtivement, nous gagnait. Elle ne nous avait pas rattrapés encore : un reste de jour éclairait les eaux dans notre voisinage. Visiblement, néanmoins, nous commencions à être emprisonnés.

» Le grand linceul d'ombre pâle rétrécissait peu à peu son cercle, et c'était maintenant comme un immense mur flottant derrière lequel tout se perdait, s'évanouissait peu à peu, la terre d'abord, très lointaine – puis les îles, plus proches –, et enfin les éclats mêmes des phares qui venaient d'allumer leurs feux. Seul, celui de l'île aux Moines demeura quelque temps suspendu comme un astre fantôme dans le ciel noyé ; puis il ne fut plus qu'un halo trouble ; puis ce halo, à son tour, s'effaça, et tout disparut.

“Bonsoir la camoufle !” dit Rudono, qui était désormais notre unique phare.

» Et il cria au mousse :

“Gouverne toujours tout droit, hein, petit !

— Oui, oui”, répondit de l'arrière la voix grêle et un peu enrouée du gamin.

» Une humidité glaciale pénétrait nos membres. L'haleine de la brume était déjà sur nous, et nous respirions son étrange odeur de roussi, si âcre qu'elle nous raclait la gorge. Nous n'avions plus à espérer de lui échapper. Si, du moins, nous réussissions à traverser les rapides, avant qu'elle nous eût liés dans ses mailles !… Après, ma foi, tant pis ! on voguerait comme on pourrait, à l'aveuglette. L'essentiel était de parer au danger le plus pressant : une fois en eaux calmes, on verrait à s'orienter.

» Et nous nous cramponnions à nos rames avec une ardeur de galériens sous le fouet du garde-chiourme.

» De minute en minute, je demandais à Rudono :

“Quoi de neuf ?”

» Il trempait sa main dans le clapotis le long de l'étrave, et répondait :

“On doit encore être dans le grand coureau, car ça frise dur… Un peu de courage, les enfants !”

» Du courage, nous en eûmes, parbleu ! jusqu'à ce qu'il nous fût démontré que ça ne servait de rien. Comme je répétais ma question pour la dixième ou quinzième fois, Rudono murmura :

“C'est singulier : on dirait que nous n'avançons plus…”

» Ploc… ! Il n'avait pas fini de parler que nous sentîmes sur nos épaules comme la tombée brusque d'un manteau de ténèbres humides. En un clin d'œil nous en fûmes tous enveloppés. Des ténèbres d'ailleurs qui n'en étaient pas ; ou plutôt il surnageait là-dedans une espèce de clarté triste, funéraire, une clarté de l'autre monde, quoi !… Si épaisse que fût la buée, elle ne nous empêchait pas de nous voir ; seulement, nous nous voyions comme si nous avions été à des milles les uns des autres. Encore ce que nous distinguions était-ce moins nos personnes que des formes de nous-mêmes, des ombres bizarres, méconnaissables, démesurément agrandies. Ainsi Gonéry Mezcam, qui était assis vis-à-vis de moi au même aviron, je dus étendre le bras vers lui pour me persuader, en touchant son tricot, qu'il n'avait pas quitté son banc et que cette silhouette gigantesque, c'était lui…

» La barque, elle, avait l'air d'une chose sans bords qui eût flotté dans du vide ; la voilure… pfutt !… une brume dans la brume, comme la mer, comme le ciel, comme tout…

"Ça y est ! dit la voix d'orgue de Pierre Balanec. Nous sommes dans le pot au noir !…"

» Et presque aussitôt, là-bas, à l'avant du bateau, très loin, nous entendîmes Rudono qui hurlait :

"Bon ! ce n'est pas seulement que nous n'avançons plus, les amis…, nous drivons !"

» Ah ! sacré mâtin ! quel souvenir !… Je ne sais pas ce que je n'aurais pas donné pour être chez nous…

» Croyez ce que je vous dis, les gars : laissez les turbots en paix et restez vous-mêmes au coin du feu, la veille de Noël. »

III

Le vieux Cloarec cracha dans l'âtre, soupira, fit une pause qui nous parut longue.

« Vous ne voulez pas, au moins, nous signifier que vous êtes au bout de votre histoire ? protesta au nom de l'assistance Perrine Ourgam, la mère des Menguy.

— Je n'avais plus de salive », répondit assez durement le pilote.

Et il poursuivit :

« En drive !... Que faire ?... Nous n'avions plus qu'à laisser aller nos rames, n'est-ce pas ? et à nous laisser aller nous-mêmes où il plairait au sort de nous conduire. Car de lutter davantage pour essayer de franchir la barre, il n'y fallait pas songer. Ce devait être maintenant l'heure du jusant plein : les courants étaient nos maîtres. À quoi bon les contrarier inutilement ? Je fis amener les voiles.

“Après tout, dis-je par manière de consolation, si nous drivons, c'est vers la haute mer. Et nous y serons plus en sécurité que parmi les récifs pour attendre le retour du flot. Il n'est que de patienter.”

» N'empêche que c'était un bon tiers de la nuit à passer au large, et qu'à supposer qu'il ne survînt aucune complication, nous ne serions jamais rentrés au port avant les approches du matin. La perspective n'avait rien de folâtre, surtout que le brouillard épaississait toujours son linceul.

» Elle nous impressionnait, malgré nous, cette atmosphère étrange où nous glissions d'une allure d'ombres, plus semblables à des spectres qu'à des êtres vivants. Roulés dans nos cirés, la visière du suroît rabattue sur les yeux et les mains dans nos manches, nous nous tenions recroquevillés et muets. Car nous n'avions même plus d'entrain à causer, d'autant qu'on ne pouvait ouvrir la bouche sans avaler cette horrible fumée d'eau, qui sentait l'enfer. La brume, d'ailleurs, semblait avoir immobilisé toutes choses. Le bruit même de la mer s'était comme fondu. On eût dit que rien n'existait plus, qu'on flottait dans quelque océan de la mort... Et c'était un silence... un silence !...

» Combien de temps dérivâmes-nous ainsi, je ne saurais vous le marquer. Nous ne nous rendions pas plus compte de la durée que de quoi que ce fût au monde. La brume était en nous comme autour de nous : elle avait envahi notre esprit aussi bien que nos corps. Nous ne vivions plus qu'en songe.

» Or tout à coup la voix du mousse héla, très faible :

"Patron !

— Quoi ? demandai-je en secouant à demi ma torpeur.

— Je ne sais pas comment cela se fait, mais le sûr, c'est que nous sommes un de plus à bord."

» Nous nous levâmes tous en sursaut.

"Qu'est-ce que tu chantes là ?" m'écriai-je, furieux et angoissé tout ensemble.

» Mezcam ricana :

"Cet imbécile a la berlue.

— Dame ! comptez vous-même", répliqua l'enfant.

» Je comptai... Et maintenant, croyez-moi ou ne me croyez point, mais il n'y avait pas à dire... au lieu de six que nous étions au départ, à cette heure nous étions sept. Dudored n'avait pas menti. Les autres, à tour de rôle, se mirent à recompter après moi :

"Oui, sept! nous sommes bien sept à bord", déclarèrent-ils tous, avec un tremblement d'épouvante dans la voix.

» Quel était ce septième? Impossible de le reconnaître. Dans cette brume, toutes les silhouettes se ressemblaient, et, de vouloir distinguer les visages, c'eût été peine perdue.

"Faites l'appel comme au service, patron", conseilla Rudono.

» J'appelai donc par rang d'âge, Pierre Balanec, d'abord, puis Gonéry Mezcam, puis Louis Rudono, puis René Balanec, puis Lommik Dudored. Au fur et à mesure, ils répondaient de toute la force de leurs poumons: "Présent!"

» L'opération finie, Rudono s'écria:

"Celui qui n'a pas répondu, c'est celui que voici!"

» Son geste désignait quelqu'un qui se tenait adossé au mât. Il se précipita pour le saisir au collet; mais il abaissa aussi vite le poing, car la voix de basse-taille du gros Balanec prononçait:

"Erreur! c'est dans moi que tu as croché.

— Alors, c'est à n'y rien comprendre..."

» Il y eut entre nous un silence plein d'indicible terreur. Nous restions debout, frémissants, n'osant nous regarder les uns les autres, par crainte que la silhouette sur qui s'arrêterait notre regard ne fût précisément celle du mystérieux inconnu. Mais soudain le mousse héla de nouveau:

"Patron!"

» Qu'allait-il m'apprendre?

"L'arrière du bateau s'enfonce, continua-t-il. Le bordage est déjà presque au niveau de la mer."

» La même idée nous vint à tous: c'était évidemment le poids du septième, le poids du passager surnaturel, qui nous entraînait dans l'abîme. Je commandai néanmoins, pour tenter, si possible, d'alléger l'embarcation:

"Jetez tout!"

» Les paniers de poisson, il va sans dire, défilèrent les premiers. Puis chacun lança par-dessus bord tout ce qui se trouva sous la main. Ce fut un saccage. Le bateau cependant ne "soulageait" pas. Comme je cherchais à tâtons qu'est-ce qui pouvait bien rester dont on pût se débarrasser encore, mes doigts rencontrèrent le fer de l'ancre. Brusquement, les paroles de mon père, auxquelles, dans ma stupeur, je n'avais même pas eu la présence d'esprit de songer, se réveillèrent d'elles-mêmes au fond de ma mémoire.

"Holà! criai-je, ne jetez plus!"

» Et, dressant au-dessus de mon front la croix de l'ancre, j'entonnai l'hymne de Nédélek:

"*Ebars eur gêr a C'halilé…*[1]"

1. « Dans une ville de Galilée… »

» Les autres me dirent plus tard qu'en cet instant ils me crurent devenu fou, chose qui leur paraissait à la vérité d'autant plus explicable qu'ils sentaient, eux aussi, leur raison les abandonner.

“Le bateau remonte !” cria Dudored, d'un accent joyeux, comme je reprenais haleine pour passer au second verset.

» Tous, cette fois, d'un mouvement spontané, unirent leur voix à la mienne, le creux de Pierre Balanec retentissant avec un fracas de grandes orgues. Et ce fut une chance singulière, vous allez voir... Durant une pause, en effet, de là-haut, du fond de la brume, un appel descend :

“Ohé ! gare à l'accostage ! Lofez en douceur !”

» Qui a parlé ? Nous levons la tête. Un éclair rouge fauche le brouillard, presque immédiatement suivi d'un éclair blanc. C'était le Triagoz.

“Je distingue la tour du phare”, articula Rudono, qui avait recouvré ses yeux de voyeur.

» Vous devinez le reste. Contrairement à nos calculs, les courants, au lieu de nous entraîner au large, nous avaient fait driver vers les roches du Triagoz. Sous voiles, avec la moindre brise, nous nous fussions immanquablement broyés. Mais il n'y avait, je vous l'ai dit, ni lames ni vent ; de sorte que là où nous aurions pu trouver notre perte, nous trouvâmes le salut. Prévenus, nous accostâmes sans encombre. Le gardien de guet nous attendait sûr le seuil de la porte, un fanal à la main.

"Vous avez bien fait de hurler, nous dit-il; si je ne vous avais pas entendus à temps, vous alliez dans les remous."

» À ce moment, des échos de sonneries de cloches lointaines tremblèrent dans le brouillard.

"Tiens ! la messe de minuit à terre", reprit l'homme du phare.

» Nous nous découvrîmes en nous signant. »

Et le pilote conclut :

« Voilà ce qui m'est arrivé. Le lendemain, nous rentrions au port, sur le coup de six heures, à la petite aube, sans turbots. Mon père achevait de revêtir ses habits de fête. Il ne m'interrogea point, mais, à la confusion de ma mine, il se douta bien que j'étais à jamais guéri de la prétention d'en remontrer aux anciens.

— Et le septième, demandai-je, quand avait-il disparu et qui pensez-vous aujourd'hui que ce pût être ? »

Le bonhomme inclina sa tête crépue et haussa ses vieilles épaules :

« Je vous ai dit ce que je savais ! » fit-il en renfonçant ses petits yeux bleus, pleins de rêve, sous les grands sourcils embroussaillés.

Extrait de *Contes du soleil et de la brume*, 1901

Émile Souvestre[1]

Les pierres de Plouhinec

1. Émile Souvestre (1806-1854) a été journaliste, enseignant, avocat, mais surtout un écrivain dont toute l'œuvre est tournée vers sa région natale, la Bretagne.

Plouhinec est un pauvre bourg au-delà d'Hennebont, vers la mer. On ne voit, tout autour, que des landes ou de petits bois de sapins, et jamais la paroisse n'a eu assez d'herbe pour élever un bœuf de boucherie, ni assez de son pour engraisser un descendant des Rohan.

Mais si les gens du pays manquent de blé et de bestiaux, ils ont plus de cailloux qu'il n'en faudrait pour rebâtir Lorient, et l'on trouve au-delà du bourg une grande bruyère dans laquelle les korrigans[1] ont planté deux rangées de longues pierres qu'on pourrait prendre pour une avenue si elles conduisaient quelque part.

C'était près de là, vers le bord de la rivière d'Intel, que demeurait autrefois un homme appelé Marzinn : il était riche pour le canton, c'est-à-dire qu'il pouvait faire saler un petit porc tous les ans, manger du pain noir à discrétion et acheter une paire de sabots le *dimanche du Laurier*[2].

---

1. Lutins.
2. Le dimanche des Rameaux.

Aussi passait-il pour fier dans le pays et avait-il refusé sa sœur Rozenn à beaucoup de jeunes garçons qui vivaient de leur sueur de chaque jour.

Parmi eux se trouvait Bernèz, brave travailleur et digne chrétien, mais qui n'avait apporté pour légitime, en venant dans le monde, que la bonne volonté. Bernèz avait connu Rozenn toute petite, quand il était arrivé de Pont-Scorff-Bidré pour travailler dans la paroisse, et elle l'avait souvent poursuivi avec la chanson que les enfants répètent à ceux de son pays :

Pont-Scorff-Bridé,
Chair de chèvre, Béé !

Cela leur avait fait faire connaissance, et, petit à petit, à mesure que Rozenn grandissait, l'attachement de Bernèz avait également grandi, si bien qu'un jour il s'était trouvé amoureux comme les Anglais sont damnés, je veux dire sans rémission.

Vous comprenez que le refus de Marzinn fut pour lui un grand crève-cœur ; cependant il ne perdit pas courage, car Rozenn continuait à le bien recevoir et à lui chanter, en riant, le refrain composé pour ceux de Pont-Scorff.

Or, on était arrivé à la nuit de Noël, et comme l'orage avait empêché de se rendre à l'office, tous les gens de la ferme se trouvaient réunis, et, avec eux, plusieurs garçons du voisinage, parmi lesquels était Bernèz. Le maître de la maison, qui voulait montrer son grand cœur, avait fait préparer un souper de boudins et de bouillie de froment au miel ; aussi tous les yeux étaient tournés vers le foyer, sauf ceux de Bernèz qui regardait sa chère Rozennik.

Mais voilà qu'au moment où les bancs étaient près de la table et les cuillers de bois plantées en rond dans la bassine, un vieil homme poussa brusquement la porte et souhaita bon appétit à tout le monde.

C'était un mendiant de Pluvigner qui n'entrait jamais dans les églises, et dont les honnêtes gens avaient peur. On l'accusait de jeter des sorts sur les bestiaux, de faire noircir le blé dans l'épi et de vendre aux lutteurs les herbes magiques. Il y en avait même qui le soupçonnaient de devenir *gobelinn* à volonté.

Cependant, comme il portait l'habit des pauvres, le fermier lui permit de s'approcher du foyer ; il lui fit même donner un escabeau à trois pieds et une portion d'invité.

Quand le sorcier eut fini de manger, il demanda à se coucher, et Bernèz alla lui ouvrir l'étable où il n'y avait qu'un vieil âne pelé et un bœuf maigre. Le mendiant se coucha entre eux pour avoir chaud, en appuyant sa tête sur un sac de lande pilée.

Mais, comme il allait tomber dans le sommeil, minuit sonna. Le vieil âne secoua alors ses longues oreilles et se tourna vers le bœuf maigre.

« Eh bien, mon cousin, comment cela va-t-il depuis la Noël dernière que je ne vous ai parlé ? » demanda-t-il d'un ton amical.

Au lieu de répondre, l'animal cornu jeta un regard de côté au mendiant.

« C'était bien la peine que la Trinité nous accordât la parole à la nuit de Noël, dit-il d'un ton bourru, et qu'elle nous récompensât ainsi de ce que nos ancêtres avaient assisté à la naissance de Jésus, si nous devions avoir pour auditeur un vaurien comme ce mendiant.

— Vous êtes bien fier, monsieur de Ker-Meuglant, reprit l'âne avec gaieté ; j'aurais plutôt droit de me plaindre, moi dont le chef de famille porta autrefois le Christ à Jérusalem, comme le prouve la croix qui nous a été imprimée depuis entre les deux épaules ; mais je sais me contenter de ce que les trois personnes veulent bien m'accorder. Ne voyez-vous point, d'ailleurs, que le sorcier est endormi ?

— Tous ses sortilèges n'ont pu encore l'enrichir, reprit le bœuf, et il se damne pour bien peu. Le diable ne l'a même pas averti de la bonne chance qu'il y aura ici près, dans quelques jours.

— Quelle bonne chance ? demanda l'âne.

— Comment, reprit le bœuf, ne savez-vous donc pas que, tous les cent ans, les pierres de la bruyère de Plouhinec vont boire à la rivière d'Intel et que, pendant ce temps, les trésors qu'elles cachent restent à découvert ?

— Ah ! je me rappelle maintenant, interrompit l'âne ; mais les pierres reviennent si vite à leur place, qu'il est impossible de les éviter et qu'elles vous écrasent si vous n'avez point, pour vous en préserver, une branche de l'herbe de la croix entourée de trèfle à cinq feuilles.

— Et encore, ajouta le bœuf, les trésors que vous avez emportés tombent-ils en poussière si vous ne donnez en retour une âme baptisée ; il faut la mort d'un chrétien pour que le démon vous laisse jouir en repos des richesses de Plouhinec. »

Le mendiant avait écouté toute cette conversation sans oser respirer.

Ah! chers animaux, mes petits cœurs, pensait-il en lui-même ; *vous venez de me faire plus riche que tous les bourgeois de Vannes et de Lorient ; soyez tranquilles, le sorcier de Pluvigner ne se damnera pas désormais pour rien.*

Il s'endormit ensuite, et le lendemain, au point du jour, il était dans la campagne, cherchant l'herbe de la croix et le trèfle à cinq feuilles.

Il lui fallut chercher longtemps et s'enfoncer dans le pays, là où l'air est plus chaud et où les plantes restent toujours vertes. Enfin, la veille du jour de l'an, il reparut à Plouhinec avec la figure d'une belette qui a trouvé le chemin du colombier.

Comme il passait sur la lande, il aperçut Bernèz occupé à frapper avec un marteau pointu contre la plus haute des pierres.

« Que Dieu me sauve ! s'écria le sorcier en riant ; avez-vous envie de vous creuser une maison dans ce gros pilier ?

— Non, dit Bernèz tranquillement ; mais comme je suis sans ouvrage pour le moment, j'ai pensé que si je traçais une croix sur une des pierres maudites, je ferais une chose agréable à Dieu, qui me le revaudra tôt ou tard.

— Vous avez donc quelque chose à lui demander ? fit observer le vieil homme.

— Tous les chrétiens ont à lui demander le salut de leur âme, répliqua le jeune gars.

— Et n'avez-vous point aussi quelque chose à lui dire de Rozenn ? » ajouta plus bas le mendiant.

Bernèz le regarda.

« Ah ! vous savez cela, reprit-il ; après tout, il n'y a ni honte ni péché, et si je recherche la jeune fille, c'est pour la conduire devant le curé. Malheureusement Marzinn veut un beau-frère qui puisse compter plus de *réales* que je ne possède de *blancs* marqués.

— Et si je te faisais avoir plus de louis d'or que Marzinn ne possède de *réales* ? dit le sorcier à demi-voix.

— Vous ! s'écria Bernèz.

— Moi !

— Que me demanderiez-vous pour cela ?

— Rien qu'un souvenir dans tes prières.

— Ainsi, il n'y aurait pas besoin de compromettre mon salut ?

— Il n'y aurait besoin que de courage.

— Alors, dites-moi ce qu'il faut faire ! s'écria Bernèz, en laissant tomber son marteau ; quand on devrait s'exposer à trente morts, je suis prêt, car j'ai moins de goût à vivre qu'à me marier. »

Quand le mendiant vit qu'il était si bien disposé, il lui raconta comment, la nuit prochaine, les trésors de la lande seraient tous à découvert, mais sans lui apprendre en même temps le moyen d'éviter les pierres au moment de leur retour. Le jeune garçon crut qu'il ne fallait que de la hardiesse et de la promptitude, aussi dit-il :

« Vrai comme il y a trois personnes en Dieu, je profiterai de l'occasion, vieil homme, et j'aurai toujours une pinte de mon sang à votre service pour l'avertissement que vous venez de me donner. Laissez-moi seulement finir la croix que j'ai commencé à creuser sur cette pierre ; quand il sera temps, j'irai vous rejoindre près du petit bois de sapins. »

Bernèz tint parole et arriva au lieu convenu une heure avant minuit. Il trouva le mendiant qui portait un bissac de chaque main et un autre suspendu au cou.

« Allons, dit-il au jeune homme, asseyez-vous là et pensez à ce que vous ferez quand vous aurez à discrétion l'argent, l'or et les pierreries. »

Le jeune homme s'assit à terre et répondit :

« Quand j'aurai l'argent à discrétion, je donnerai à ma douce Rozennik tout ce qu'elle souhaite et tout ce qu'elle a souhaité, depuis la toile jusqu'à la soie, depuis le pain jusqu'aux oranges.

— Et quand vous aurez l'or à volonté ? ajouta le sorcier.

— Quand j'aurai l'or à volonté, reprit le garçon, je ferai riches tous les parents de Rozennik et tous les amis de ses parents jusqu'aux dernières limites de la paroisse.

— Et quand vous aurez enfin les pierreries à foison ? acheva le vieil homme.

— Alors, s'écria Bernèz, je ferai tous les hommes de la terre riches et heureux, et je leur dirai que c'est Rozennik qui l'a voulu. »

Pendant qu'ils causaient ainsi, l'heure passait et minuit arriva. À l'instant même, il se fit un grand bruit sur la lande et l'on vit, à la clarté des étoiles, toutes les grandes pierres quitter leurs places et s'élancer vers la rivière d'Intel. Elles descendaient le long du coteau en froissant la terre et en se heurtant comme une troupe de géants qui auraient trop bu ; elles passèrent ainsi pêle-mêle à côté des deux hommes, et disparurent dans la nuit.

Alors le mendiant se précipita vers la bruyère suivi de Bernèz, et, aux places où s'élevaient un peu auparavant les grandes pierres, ils aperçurent des puits remplis d'or, d'argent et de pierreries qui montaient jusqu'au bord.

Bernèz poussa un cri d'admiration et fit le signe de la croix ; mais le sorcier se mit aussitôt à remplir ses bissacs, en prêtant l'oreille du côté de la rivière.

Il finissait de charger le troisième, tandis que le jeune homme remplissait les poches de sa veste de toile, lorsqu'un murmure sourd comme celui d'un orage qui arrive se fit entendre au loin. Les pierres avaient fini de boire et revenaient prendre leurs places.

Elles s'élançaient, penchées en avant comme des coureurs, et brisaient tout devant elles. Quand le jeune homme les aperçut, il se redressa en s'écriant :

« Ah ! Vierge Marie, nous sommes perdus !

— Non, pas moi, dit le sorcier, qui prit à la main l'herbe de la croix et le trèfle à cinq feuilles, car j'ai ici mon salut ; mais il fallait qu'un chrétien perdît la vie pour m'assurer ces richesses, et ton mauvais ange t'a mis sur mon chemin ; renonce donc à Rozenn et pense à mourir. »

Pendant qu'il parlait ainsi, l'armée de pierres était arrivée ; mais il présenta son bouquet magique et elle s'écarta à droite et à gauche pour se précipiter vers Bernèz !

Celui-ci, comprenant que tout était fini, se laissa tomber à genoux et allait fermer les yeux lorsque la grande pierre qui accourait en tête s'arrêta tout à coup, et, fermant le passage, se plaça devant lui, comme une barrière pour le protéger.

Bernèz, étonné, releva la tête, et reconnut la pierre sur laquelle il avait gravé la croix ! C'était désormais une pierre baptisée, qui ne pouvait nuire à un chrétien.

Elle resta immobile devant le jeune homme jusqu'à ce que toutes ses sœurs eussent repris leur place ; alors, elle s'élança comme un oiseau de mer pour reprendre aussi la sienne, et rencontra sur son chemin le mendiant que les trois bissacs chargés d'or retardaient.

En la voyant venir, celui-ci voulut présenter ses plantes magiques ; mais la pierre devenue chrétienne n'était plus soumise aux enchantements du démon et elle passa brusquement, en écrasant le sorcier comme un insecte.

Bernèz eut, outre ce qu'il avait recueilli lui-même, les trois bissacs du mendiant, et devint ainsi assez riche pour épouser Rozenn et pour élever autant d'enfants que le *laouennanik*[1] a de petits dans sa couvée.

Extrait de *Contes et légendes de Basse-Bretagne*, 1891

1. *Laouennanik*, petit joyau, est le nom breton du roitelet.

Table des matières

Dans la même série

Guillaume Apollinaire, *Le Robinson de la gare Saint-Lazare*
Marguerite Audoux, *Marie-Claire*
Mary Elizabeth Braddon, *Le baiser de glace*
Mary Elizabeth Braddon, *Le secret de l'avoué*
Wilkie Collins, *L'hôtel hanté*
Arthur Conan Doyle, *La grande ombre*
Collectif, *Histoire(s) de bien commencer l'année*
Collectif, *Histoires de Noël pour frissonner au coin du feu*
Collectif, *La jeune vampire et autres histoires*
Collectif, *L'amour d'une mère*
Collectif, *L'amour d'un père*
Collectif, *Les filles de l'écume*
Collectif, *Mon cher amour… L'amour en toutes lettres*
Collectif, *Mon beau sapin…*
Collectif, *Qui ne croit pas au père Noël ?*
Collectif, *L'important, c'est de participer. Nouvelles sportives*
Charles Dickens, *Cantique de Noël*
Charles Dickens, *Les conteurs à la ronde*
Charles Dickens et ses amis, *La maison hantée. Contes de Noël*
Alexandre Dumas, *Le fils du forçat*

Alexandre Dumas, *Monseigneur Gaston Phœbus*
Paul Féval, *La fabrique de crimes*
Paul Féval, *Les Molly-Maguires*
Gustave Flaubert, *Mémoires d'un fou*
Gustave Flaubert, Maxime Du Camp, *Par les champs et par les grèves*
Anatole France, *Histoire comique*
Anatole France, *L'anneau d'améthyste*
John Galsworthy, *La fleur sombre*
Paul Gauguin, *Noa Noa. Voyage de Tahiti*
O. Henry, *Un champion de la science matrimoniale*
Henry James, *Les papiers de Jeffrey Aspern*
Selma Lagerlöf, *L'hôte de Noël et autres contes*
Alphonse de Lamartine, *Les Confidences*
Maurice Leblanc, *La frontière*
Gaston Leroux, *La machine à assassiner*
Gaston Leroux, *La poupée sanglante*
Pierre Loti, *La troisième jeunesse de madame Prune*
Katherine Mansfield, *Révélations et autres nouvelles*
George Sand, *Elle et Lui*
George Sand, *Lavinia suivi de Cora*
Stendhal, *Vie de Léonard de Vinci*
Robert Louis Stevenson, *La Flèche noire*
Ponson du Terrail, *La femme immortelle*
Léon Tolstoï, *Katia ou Le bonheur conjugal*
Mark Twain, *Plus fort que Sherlock Holmes*
Mark Twain, *Si l'Histoire m'était contée*
Jules Verne, *Le pilote du Danube*
Jules Verne, *Un billet de loterie*
H. G. Wells, *Les premiers hommes dans la Lune*

Pour limiter l'empreinte environnementale de leurs livres,
les éditions de l'Aube font le choix de papiers
issus de forêts durablement gérées et de sources contrôlées.

Achevé d'imprimer en octobre 2024
par l'imprimerie Firmin-Didot
pour le compte des éditions de l'Aube
331, rue Amédée Giniès, F-84240 La Tour-d'Aigues

Numéro d'édition: 6407
Dépôt légal: novembre 2024
Numéro d'impression: 181579

Imprimé en France